죽을 각오로
살아 보라는
너에게

죽을 각오로
살아 보라는 너에게

초판 1쇄 인쇄 2020년 8월 5일
초판 1쇄 발행 2020년 8월 12일

지은이 이다안
펴낸이 정해종
편　집 정명효
디자인 유혜현

펴낸곳 ㈜파람북
출판등록 2018년 4월 30일 제2018 – 000126호
주소 서울특별시 마포구 양화로 12길 8-9, 2층
전자우편 info@parambook.co.kr **인스타그램** @param.book
페이스북 www.facebook.com/parambook/ **네이버 포스트** m.post.naver.com/parambook
대표전화 (편집) 02 – 2038 – 2633 (마케팅) 070 – 4353 – 0561

ISBN 979-11-90052-38-2 03810
책값은 뒤표지에 있습니다.

이 도서의 국립중앙도서관 출판시도서목록(CIP)은 서지정보유통지원시스템 홈페이지(http://seoji.nl.go.kr)와 국가자료공동목록시스템(http://www.nl.go.kr/kolisnet)에서 이용하실 수 있습니다.(CIP 제어번호: CIP2020031909)

이다안 에세이

죽을 각오로 살아 보라는 너에게

파람북

차례

프롤로그
버티는 삶에 대한 고백

왜 이곳의 모든 책은 결국 희망만 이야기할까? 희망 없는 삶도 분명히 존재하는데.

서점가의 베스트셀러 코너를 살펴보며 든 생각이었다. 희망을 이야기하는 책들을 찾아 헤매는 우리에게는 은연중에 행복 강박증이 있는 것이 아닐까. 건강한 정신을 가진 이들이라면 당연히 지치고 힘든 일상 속에서도 희망과 용기를 잃지 않아야 하고, 그 안에서 행복을 찾아내는 진취적인 삶을 살아야 마땅하다는 메시지를 간직하기 위해서 말이다.

그러나 이 책에는 그런 내용이 없다. 끝내 우울증을 극복하고 행복한 삶을 살아가는 드라마틱한 결말이나, 드디어 나를 사랑하는 법을 찾았다는 가슴 뭉클한 깨달음 또한 없다. 그저 하루에도 열두 번씩 간절히 자살을 소망하면서도, 오늘도 여전히 비겁하게 삶을 연명하고 있는 한 사람의 아픔과 그에 대한 초라한 고백이 담겨 있을 뿐이다.

록산 게이의 에세이《헝거》의 추천사 중에는 이런 구절이 있다.

"하긴 상처가 아니라면, 왜 쓰겠는가? 상처가 없으면 쓸 일도 없다. 작가는 죽을 때까지 '팔아먹을 수 있는' 덮어도 덮어도 솟아오르는 상처가 있어야 한다. 자기 이야기를 쓴다는 것은 경험을 쓰는 것이 아니다. 경험에 대한 해석, 생각, 고통에 대한 사유를 멈추지 않는 것이다. 그 자체로 쉽지 않은 삶이고, 그것을 표현한다는 것은 또 다른 형태의 산을 넘는 일이다."

나는 문학을 전공하지 않았고, 글쓰기를 배운 적도 없으며, 하다못해 독서를 즐기지도 않았다. 내가, 그리고 내 인생이 누군가에게 책으로서 다가가는 게 가당키나 한지 글을 쓰면서도 여러 번 겁이 났다. 그러나《헝거》의 추천사처럼 덮어도 덮어도 솟아오르는 상처가 있는 것이 글을 쓸 수 있는 명분이 된다면, 나는 기꺼이 작가가 될 용기를 가져보기로 했다. 나약한 인간으로 치부될까 두려워 그동안 누구에게도 진실하게 말하지 못했지만, 사실 내 삶의 민낯은 희망이라고는 찾으려야 찾을 수 없었다고 소리치며 내 앞을 가로막은 산을 끝내 오르려 한다.

이 책의 초고는 온라인 글쓰기 플랫폼 '브런치'에 처음 연재했었다. 그 플랫폼에서는 '통계'라는 버튼을 클릭하면 독자들이 어떤 키워드를 통해 내가 쓴 글에 유입되는지 알 수 있다. 그 유입 경로에는 단 하루도 빼놓지 않고 '수면제 자살', '번개탄 자살' 등과 같은 자살 관련 키워드가 올라왔다. 그만큼 매 순간 자살을 고민하며 검색하는 이들이 이 세상에 예상보다 많다는 뜻일 테고, 그 와중에 그들이 내 글을 읽었다는 증거였다.

우리가 하루에도 수십 번씩 들락거리는 인스타그램의 어여쁜 피드 속을 낱낱이 파헤치면, 그 안에는 과연 무엇이 있을까? '좋아요'가 가득한 사진과 동영상들을 보고 있으면 이 땅에는 하나같이 행복한 사람들만 존재하는 것 같은데, 어째서 우리나라는 오랫동안 OECD 국가 가운데 자살률 1위라는 불명예를 안고 있을까?

세상에는 아무리 죽을힘을 다해 발버둥 쳐도 끝없이 벼랑 끝으로 내몰리는 삶이 분명 존재하며, 가족과 타인에게 받은 상처가 지독해 차라리 영원히 혼자가 되는 것을 택한 이들도 가면을 쓴 채 우리 곁에서 살아가고 있다. 나는 그들에게 어쭙잖은 위로가 아닌 '나 역시 그러하다'라고 말하며 손을 내밀기 위해 이 글들을 썼다.

▪ ▪ ▪

그러니, 지금 죽지 못해 버티는 중인 당신이라면 어서 책장을 펼치고 제 손을 잡아주세요.

이 책은 제가 인천 본가를 떠나 서울의 한 셰어하우스에 입주했던 2년 전부터 33살이 된 오늘까지의 이야기를 담았습니다. 본문 초반에는 그 2년의 기간보다 훨씬 더 과거의 이야기를 현재와 교차 형식으로 끼워 넣었는데, 구분을 위해 종이의 바탕색을 달리해 두었습니다. 또한 책에 나오는 모든 인물의 이름은 상황을 고려해 가명 혹은 이니셜로 대체하였음을 알려드립니다.

덧붙여 저의 이름은 제가 가장 사랑하는 드라마 《나의 아저씨》의 여주인공 이름인 '이지안'에서 따온 필명입니다. 극중 '지안'의 한자명은 '이를 지(至)'에 '편안할 안(安)'으로 편안함에 이른다는 뜻이지만, 이름과 달리 그녀의 삶은 언제나 지독한 고통과 시련뿐이라 오랜 시간 감정이입을 했었습니다. 필명을 고민할 때 가장 먼저 떠올렸던 이름도 '이지안'이었죠. 그리고 욕심 많은 저는 단순히 이르는(至) 데 그치지 않고 많이(多) 편안해지고자 이다안(多安)이라는 이름을 사용하기로 했습니다.

이지안이 결국 이름처럼 편안함에 이르렀는지는 드라마의 결말에서 알 수 있지만, 이다안의 결말은 아직 알 수 없습니다. 이렇게 버티고 또 버티다 보면, 언젠가는 그 간절한 결말을 알 수 있지 않을까요.

그럼, 이 책을 집어 든 당신이 부디 많은 편안함에 이르길 바라며.

2020년 여름

이다안

우리는
반드시

무려 111년 만에 최악의 폭염이라고 했다.

뜨거운 공기를 등허리에 짊어진 채 포화한 쓰레기봉투가 풍요로운 골목길을 걸어 나왔다. 쓰레기더미에서 예고 없이 튀어나오는 고양이처럼, 그날도 어김없이 폭염 경보를 알리는 긴급 재난 문자가 굉음을 내며 사람들의 발걸음을 멈칫하게 했다.

나는 사계절 중 여름을 가장 싫어한다. 땀으로 끈적이는 몸뚱이들과 살이 닿을 때의 불쾌함, 햇볕에 더욱 볼품없이 타들어 가는 피부, 밤낮없이 극성스럽게 경계태세를 세우게 만드는 온갖 벌레들. 이 모든 것을 지독히도 경멸했으나 여름은 그런 건 아무래도 상관없다는 듯 30번이 넘도록 착실히 찾아왔다.

골목 끝에는 언제나처럼 번잡한 사거리가 펼쳐졌다. 숨 막히는 더위가 세상을 녹여내고 있었고, 이어폰이 뱉어내는 음악이 사거리의 모든 소음으로부터 나를 단절시켜 주었다. 서로 갈 길이 바쁜 사람들과 이글거리는 건물들이 뒤섞인 그곳에서, 자꾸만 새어 나오는 눈물을 손등으로 훔치며 신호등이 파란불로 바뀌길 기다렸다.

서울에서 터를 잡은 건 처음이었다. 건널목을 건너 사거리를 조금 벗어나면 요즘 가장 인기 있는 카페와 식당들이 줄지어 등장했다. 트렌디한 공간들이 가까운 곳에 있어서 좋다고, 여기로 쫓기듯이 왔던 날을 생각했다.

까만 철문을 여니 쾌적한 에어컨 바람이 온몸을 감쌌다. 한참을 고민하다 아이스 아메리카노를 주문하고 그 카페에서 가장 예쁜 자리에 앉았다. 엔틱한 조명과 연회색 소파의 조화가 아주 멋스러웠다. 소파에 앉으면 보이는 창밖으로 커다란 느티나무가 햇살을 잔뜩 머금고 싱그럽게 반짝이고 있었다.

그리고 꽤 간절한 마음으로 그 나무에 목을 매달고 죽어있는 내 모습을 상상했다.

노트북을 켜고 유서를 쓰기 시작했다. 처음에는 조금 막막했으나 이윽고 거침없이 써 내려갈 수 있었다. 고통과 원망과 절망이 점철된 글을 미친 듯이 휘갈기며, 지금 당장 누군가가 내 뒤통수를 도끼로 내려찍었으면 좋겠다고 소리 없이 외쳤다.

한참의 시간 동안 울음은 토악질하듯 쏟아지고, 창밖의 나무는 어느새 어둠에 가려 보이지 않았다. 카페 직원은 나에게 조심스레 다가와 영업시간이 끝났다고 말했다. 나는 대꾸도 하지 않고 서둘러 짐을 챙겨 카페를 나왔다. 해가 사라져도 여전히 뜨거운 온도 속을 위태롭게 걸어가며 쉼 없이 되뇌었다.

— 이젠 끝내야 해. 이젠 끝내야 해. 이젠 끝내야 해.

찾아온 기억도 없이 도착한 엘리베이터에서 거울 속 공허한 내 얼굴과 마주하고 나서야, 지체 없이 휴대폰 불빛을 열고 메시지를 전송할 수 있었다. '동반 자살'을 검색해서 찾아낸 이름도 모르는 그 아이에게, 나는 결전의 날을 앞둔 독립투사처럼 힘주어 말했다.

'우리는 반드시 죽어야 해요. 아주 확실한 방법으로. 서로가 완벽하게 죽을 수 있도록 꼭 도와줘야 해요.'

열대야가 검은 하늘로 번져가는 동안, 나는 고요가 잠식한 텅 빈 방 안에서 실패 없이 죽는 방법을 필사적으로 고뇌하고 또 고뇌했다.

집을
찾아서

"내가 성격이 워낙 깔끔해서 더러운 걸 못 보거든. 이 동네에서 여기가 제일 깨끗해."

주인아줌마가 방문을 열자 퀴퀴한 냄새가 풍겼다. 텅 빈 원룸에는 족히 20년은 된 듯한 싱크대만 흉물처럼 덜렁 놓여있었다. 면적이 좁아 어느 방향으로든 바닥에 누우면 먼지 쌓인 싱크대 바닥이 시야에 적나라하게 들어올 것 같았다.

"아이고 아직 냄새가…. 전에 살던 사람이 아저씨라서~ 그 왜, 남자들 홀아비 냄새 알지? 그게 아직 안 빠졌는데 문 열어놓으면 금방 빠져! 아, 여기 살던 아저씨가 아주 잘 돼서 나갔어. 글쎄 대기업에 취직했는데…."

수다스러운 아줌마는 데시벨 높은 웃음을 터트리며 나와는 상관없는 정보들을 알려주느라 정신없었다. 더 볼 데가 없나 하고 현관 옆의 화장실로 보이는 문을 열었다. 문 바로 앞에 바퀴벌레가 배를 뒤집고 죽어있었다.

"여기 사장님이 상주하시면서 항상 관리하세요. 깨끗한 곳 찾으셨잖아요. 가격도 그렇고 여기만 한 데 없어요."

중개인은 바퀴벌레 시체를 못 본 척하며 복도로 나를 이끌곤 말했다. 대낮인데도 복도가 어두컴컴해서 맞은편에 있는 주인아줌마 얼굴이 어렴풋한 실루엣만 보였다. 끝도 없이 이어진 복도에는 수많은 문들이 최소한의 거리만 유지한 채 일렬로 다닥다닥 붙어있었다. 20대 초반에 살았던 지긋지긋한 고시원이 떠올랐다.

서로 눈치만 보다가 내가 먼저 다시 연락드리겠다는 말로 어색한 헤어짐의 인사를 건넸다. 주인아줌마의 배웅을 받으며 중개인의 차에 타자 함께 집을 보러 와 준 K가 지친 목소리로 말했다.

"다안아, 그냥 여기로 해. 당장 급하게 나와야 하는데 돈도 없다며. 여기는 보증금도 싸네."

네 번째 집을 보고도 탐탁지 않아 하는 내 표정을 읽고 중개인도 거들었다.

"말씀하신 금액으로는 서울에서 이게 최선이에요. 언덕이 좀 높아서 그렇지, 이 앞에서 버스 타면 지하철역까지 바로 가고요."

이 집을 보러 올 때 차가 거의 90도로 누워 언덕을 타던 게 생각났다. 속없이 놀이기구 타는 기분이라고 말하는 K와 같이 깔깔 웃었었다.

문득 차창 밖을 보니 대학가의 인파들이 저마다 바삐 걸어가고 있었다. 저 많은 사람은 다 어디서 살고 있을까.

▪ ▪ ▪

결국, 아무런 결정을 하지 못하고 중개인과 헤어졌다. 끝까지 친절한 중개인의 태도에 괜히 감동 받아 커피 기프티콘을 보내며 미안하다고 했다. 이게 미안한 일인가 싶었지만 계속 미안한 기분이 들었다. 부동산을 나와서 K와 추위를 피해 근처 카페에 들어갔다. 12월 말의 추위는 착잡한 심정 때문인지 매서웠다.

"야, 셰어하우스는 어때?"

핫초코를 입으로 불던 K가 갑자기 생각난 듯 물었다. 몇 해 전 재미있게 봤던 드라마《청춘시대》가 떠올랐다. 서로 처음 보는 여대생들이 하우스메이트가 되어 한 집에 모여 사는 이야기였다.

"그거 대학생들만 살 수 있는 거 아니야? 내 나이에도 셰어하우스에 들어갈 수 있나?"

"아냐, 30대 직장인들도 셰어하우스에 많이 산대. 일단 보증금이랑 월세가 쌀 거야."

근처 셰어하우스를 검색하자 생각 외로 매우 많았다. 보통 오피스텔이나 주택에서 운영하고 있었고, 그중 새로 다니게 될 직장과도 가깝고 감각적인 인테리어로 꾸며놓은 한 곳이 눈길을 사로잡았다.

인터넷 중개 카페에 올려놓은 사진에는 방마다 세련된 디자인의 책상과 의자, 옷장, 침대, 앙증맞은 스탠드 조명까지 놓여있었다. 심지어 입주자를 처음 받는 셰어하우스라 가구들이 모두 새것이었다. 여러 명이 함께 사는 곳이라 월세가 저렴하다는 점이 가장 끌렸다. 보증금으로 두 달치 월세 금액만 내면 되니 수천만 원씩 보증금을 내야 하는 일반 원룸보다 훨씬 부담이 덜했다.

이런 곳이 있었다니. 나는 행여나 모르는 누군가에게 이 좋은 방을 뺏길까 봐 사진 밑에 남겨진 번호로 서둘러 전화를 걸었다. 셰어하우스 매니저라는 사람에게 입주를 문의하자 방 견학 전에 양식 하나를 보낼 테니 작성해서 문자로 보내라고 했다. 이름과 나이, 직장, 기상 시간과 취침 시간대 같은 단답형 질문부터 내 성격의 장·단점과 셰어하우스에 입주할 경우 기대되는 점 같은 서술형 질문에도 답해야 했다.

— 일종의 서류 면접인 건가….

짧은 시간 머리를 짜내며 꽤 성심성의껏 적은 것이 무색하게 매니저는 양식을 받자마자 견학을 허락했다. 30대 초반의 내 나이는 다행히 결격 사유가 아닌 듯했다. 나는 마음이 급해 지금 당장 방을 보고 싶다고 했고, 1시간 뒤 셰어하우스 입구에서 만나기로 했다.

당황스러울 정도로 모든 게 일사천리로 진행되었다. 중개인과 새로운 방을 볼 때마다 암울했던 것과 달리 가슴이 두근거리고 흥분됐다. 카페에서 K와 헤어진 뒤, 혼자 버스를 타고 생경한 동네의 오피스텔 앞에서 내렸다. 잠시 후 나타난 내 또래의 여자 매니저와 마주하자 불쑥 부끄러운 마음이 들었다. '이 사람은 어린 나이에 이 넓은 오피스텔을 사서 월세를 받는데, 나는 참 형편없는 인생이구나' 싶었다.

어쨌거나 직접 눈으로 본 셰어하우스는 '사진발'이 좀 있었다는 걸 감안하더라도 내게 이 이상의 선택지는 없을 감지덕지한 곳이었다. 나는 그 자리에서 바로 매니저가 출력해온 A4 종이에 사인을 몇 번 한 뒤 당장 다음 주에 입주하기로 했다.

계약서를 쓰고 나오니 벌써 늦은 밤이 되어있었다. 아침부터 칼바람을 맞으며 서울 이곳저곳을 돌아다녔더니 온몸이 쑤셨지만, 마음은 굉장히 뿌듯했다. 살 곳을 운 좋게 정말 잘 구한 것 같다고 생각하며 인천으로 가는 지하철을 탔다.

■ ■ ■

두 시간 만에 도착한 임대아파트를 보니 새삼 허름하기 짝이 없었다. 인천의 낡은 복도식 아파트 맨 끝이 내가 사는 집이었다. 바로 옆집에 사는 새터민이 악을 쓰며 아이를 잡는 소리가 복도에 울려 퍼졌다. 빠르고 억센 북한 사투리는 이른 아침이고 늦은 밤이고 쉴 새 없이 벽을 넘어 튀어나왔다. 자지러지는 듯한 아이의 울음소리는 이제 진짜인지 가짜인지도 구분이 어려웠다. 가방을 뒤져 열쇠를 찾는데 현관문 앞에 내놓은 음식물 쓰레기에서 지독한 악취가 났다.

문을 열고 들어가자 14살 먹은 반려견 봉봉이가 느릿느릿한 걸음으로 다가왔다. 내 발끝에 코를 대고 두어 번 킁킁거리곤 제 자리로 다시 느릿느릿 돌아갔다. 노화로 귀도 잘 들리지 않고 눈도 잘 보이지 않더니, 근래에 부쩍 뒷다리의 힘이 약해져 걸어가다 픽 하고 고꾸라지는 일이 잦았다. 봉봉이는 혼자 있는 걸 좋아했고 애교도 없었다. 그 흔한 '손'도 할 줄 몰랐다. 산책 가는 것도 싫어했고 그저 먹는 것만 변함없이 밝혔다.

10평 남짓한 집 안은 비좁은 크기 때문에 명확한 공간의 구분 없이 거실이자 침실이자 주방이었다. 현관에 들어서면 누렇게 때가 탄 전자레인지가 가장 먼저 보이고, 바로 옆에는 싱크대와 싱글침대가 반투명한 미닫이문을 사이에 두고 바짝 붙어있다. 밤이 되어 침대 위에서 엄마가 자고, 바닥에서 아빠가 이불을 깔고 봉봉이와 누우면 여백 하나 없이 꽉 들어찼다.

그나마 방문이 있는 화장실 옆 공간이 내가 자는 곳이다. 가족의 옷가지와 이불, 그리고 온갖 잡동사니들로 가득 차 있어 비좁은 바닥에는 사람 한 명만 겨우 누울 수 있었다. 아빠와 엄마는 여기를 '네 방'이라고 불렀지만, 내 방이라기엔 전혀 개인적인 장소가 아니었다. 방 안에 있는 물건들을 가지러 아빠와 엄마는 노크 한번 없이 수시로 방문을 열어젖혔고, 나는 속옷만 입고 몸에 로션을 바르다가 화들짝 놀라 수건으로 몸을 가리는 일이 잦았다.

사계절 내내 벽면에 진을 치고 있는 곰팡이들도 끔찍했다. 기를 쓰고 닦아내고 약을 뿌리고 벽지까지 새로 발라봐도 검은 자욱들은 얼마 못 가 또다시 기하급수적으로 번져갔다. 소용없는 짓인 것을 뻔히 알면서도 매번 악에 받쳐 곰팡이를 닦으며 혼잣말로 욕을 내뱉는 엄마의 모습을 보고 있자면, 구질구질한 이 집구석이 소름끼치도록 싫어 한숨만 비져 나왔다.

다음날 아침, 내가 일어나자마자 제일 먼저 한 일은 우체국에서 가장 큰 상자 4개를 사 와 옷가지와 짐을 담는 것이었다. 셰어하우스 매니저가 보통 철 지난 옷은 본가에 두고 셰어하우스에는 한 계절 입을 옷들만 챙겨 온다고 했지만 나는 집을 아주 나올 작정이었기에 그럴 수 없었다. 사계절 옷으로 꽉 찬 상자가 미어터질 듯했으나 앞으로의 생활비를 아끼기 위해선 가져갈 수 있는 건 모조리 다 가져가야 했다. 치약과 샴푸 같은 생필품까지 악착같이 옷 사이에 끼워 넣었다.

"어디로 가니?"

방문 너머에서 짐 싸는 내 모습을 보며 한참을 머뭇거리던 엄마는 결국 문지방을 채 넘지 않고 내게 물었다.

"…."

나는 대꾸 없이 짐이 담긴 상자에 테이프를 붙이는 일에만 몰두했다. 노란 테이프를 뜯어낼 때마다 귓가를 찌르는 소음이 났다. 그 소음이 꼭 앙칼진 내 표정 같았는지 엄마는 재차 묻지 않고 돌아섰다.

애초에 내가 어디로 가는지는 누구에게도 알려줄 마음이 없었다. 다시는 이 끔찍한 집에 돌아오지 않을 것이다. 앞으로는 아빠도, 엄마도, 동생도 모두 내가 어디에서 어떻게 살고 있는지 영영 모르길 바랐다.

대답을 잃은 집 안의 정적 위로, 테이프의 마찰음과 늙은 개의 색색거리는 숨소리만이 반복됐다.

불행이
운명이라면

우리 가족은 기억이 나지 않을 만큼 아주 오래전부터 불행했다. 가장 오래된 기억을 끄집어내 보자면, 부모님이 싸우자 동생과 붙박이장에 숨어 울었던 일이 떠오른다. 아빠와 엄마는 고작 5살이던 우리 앞에서 서로를 때리고, 욕하며, 할퀴는 장면들을 여과 없이 보여줬다.

어느 날은 아빠가 자신에게 맞고 친정으로 짐을 싸서 나간 엄마를 데려오라며 내 등을 떠밀었다. 난 그때 스스로 머리를 묶지도 못할 만큼 어렸는데, 산발이 된 머리와 잠옷 차림으로 외할아버지 댁 벨을 누를 때 생애 첫 수치심을 느꼈다.

내가 초등학교를 졸업할 무렵에는 아빠가 직장을 그만두고 백수를 자처했다. 해고를 당한 건지, 자진 퇴사한 것인지는 아직도 확실히 모르지만, 아빠는 항상 자신이 스스로 나온 것이라고 강조했다. 둘 중 어느 쪽이 진짜인지는 중요치 않았다. 중요한 것은, 그때부터 우리 집은 가난이라는 굴레까지 뒤집어쓰고 걷잡을 수 없이 피폐해졌다는 사실이다.

아빠는 가족들이 돈 못 버는 자신을 무시한다 여겼고, 그 자격지심을 폭력을 행사하여 굴복시키는 것으로 해소했다. 엄마는 항상 아빠가 우리의 인생을 망쳤다고 여기며 분노했다. 나 역시도 그렇게 생각했다.

가난에서 기원한 증오가 우리 가족 불행의 원천이었다. 그리고 그 물살은 나와 아빠에게로, 나와 엄마에게로, 나와 동생에게로 번져 결국 나로 하여금 가족 모두와의 관계를 뒤틀리게 했다.

아빠는 속 좋은 사람처럼 허허 웃다가도 문득 심사가 뒤틀리면 고함과 함께 손부터 올라가는 다혈질이었다. 난 그런 아빠를 무서워하기보다 경멸했다. 적대심을 가지고 있었고, 가까이하기 싫은 기피의 대상이었다.

하루는 초등학생이던 내가 침대에 누워 잠을 청하는데, 아빠가 내 이불 속으로 들어와 나를 안으려 했다. 난 짜증을 내며 저리 가라고 소리쳤고, 아빠는 그 순간 버럭 화를 내더니 내 팬티 속으로 손을 넣어 엉덩이를 잡아 뜯었다. 꼬집은 게 아니라 잡아 뜯었다는 표현이 더 적절했다. 난 너무 아파서 악을 쓰며 울었고, 아빠는 벌을 준다는 듯이 내게 훈계하며 계속해서 엉덩이를 잡아 뜯었다. 내가 아빠와 한 이불 속에서 마주 보고 누워 무방비 상태로 엉덩이를 뜯기고 있는데, 그 모습을 엄마가 방문 너머에서 가만히 지켜보고 있었다.

한참의 시간이 지나 아빠가 내 방을 나가자, 엄마는 나를 주사 맞을 때처럼 엉거주춤 서서 바지를 내리게 한 후 피가 철철 나는 엉덩이에 약을 발라줬다. 나는 이 기괴하고 역겨운 사건을 어떻게 받아들여야 할지 몰라 한동안 나사가 빠진 듯 패닉 상태로 지냈다.

엄마는 나에게 평생 동안 애증의 대상이었다. 엄마에게 사랑받고 싶은데 그러지 못해 서러웠고, 동시에 그런 엄마를 죽도록 미워하고 원망했다.

어릴 때 엄마에 대한 내 콤플렉스를 자극했던 건 이란성 쌍둥이인 남동생과의 차별이 가장 컸다. 엄마는 우리 둘을 낳고 몸이 약해져 태어나서부터 2년 동안 나를 외가댁에 맡겼다고 했다. 이제 막 태어난 갓난쟁이들 중 아들만 자신이 키우기로 한 것이다.

엄마는 예민하고 매사에 신경질적인 사람이었는데, 그런 성격이 내게만 적용되는 게 나를 가장 억울하게 했다. 나에겐 수시로 폭언과 폭력을 서슴지 않았으나, 나보다 덩치는 크고 나이는 같았던 남동생은 상대적으로 애지중지 돌보고 잘못에 있어서도 관대했다. 나는 그 차별의 부당함을 무던히도 항의했지만, 그때마다 내게 돌아오는 대답은 딱 한 가지였다.

"그게 그렇게 억울하면 나가 살아."

중학생이던 어느 날에는 내가 친구들과 햄버거를 먹다가 통금 시간인 저녁 6시를 넘겨서 들어왔다는 이유로 엄마에게 한 시간이 넘도록 맞았다. 동생은 통금 시간 따위 없었다.

"어휴, 이 염병할 년아, 그냥 죽어라 죽어!"

엄마는 소리를 지르며 내 머리카락을 잡아 뜯고 바닥에 패대기쳤다. 방에 들어와 머리를 만졌더니 머리카락 한 움큼이 손가락을 타고 빠져나왔다. 손톱에 긁힌 눈가의 상처에는 피가 맺혀있었다. 나는 죽음으로 엄마에게 복수해야겠다고 생각했다. 내가 오늘 죽으면 엄마는 죄책감으로 영원히 고통받으리라 생각했다. 모두가 잠든 한밤중에 베란다로 나와 난간에 오른발을 올렸다. 종아리가 후들후들 떨렸다. 몇 차례 왼발도 올리려고 들썩거렸으나 몸이 말을 듣지 않았다. 나는 아득한 13층 아래를 내려다보다 결국 베란다 바닥에 주저앉아 버렸다.

동생과 나는 아빠와 엄마가 싸우는 것만큼 자주 싸웠다. 싸워도 엄마가 자신의 편을 들 것이라는 걸 알았던 그 아이는 나를 때리곤 의기양양하게 말했다.

"이러니까 엄마가 너를 싫어하는 거야."

동생은 밖에서는 소심하고 내성적이었으나 집 안에서는 아빠의 폭력성을 그대로 닮아갔다. 아빠가 나를 때리듯 똑같이 나를 때렸고, 화가 나면 물건을 던지고 깨부수는 버릇도 똑같이 따라 했다. 엄마는 그런 동생을 혼내기보다 달래느라 어쩔 줄 몰라 했다.

작고 왜소한 나는 힘으로 동생을 이길 수 없었지만, 두들겨 맞으면서도 이를 악물고 기어코 한 대는 때릴 만큼 매번 억척스럽게 동생의 폭력을 상대했다. 그럴수록 폭력의 강도는 더 세졌고, 한 번은 나를 바닥에 때려눕힌 상태에서 동생이 내 머리를 발로 여러 번 내리찍어 뇌진탕으로 잠시 기절한 적도 있었다. 다음날 가족들이 모두 외출한 사이, 나는 동생이 가장 아끼는 플레이스테이션2를 아파트 복도에서 깨부쉈다. 검은 플라스틱 파편들이 사방으로 튀었다. 그것이 동생의 살점과 핏방울이었으면 좋겠다고 생각했다.

한 뱃속에서 열 달을 함께했던 쌍둥이였으나 우리에겐 닮은 점도, 특별한 유대도 없었다. 오직 서로에 대한 위화감과 이질감만이 나이를 먹을수록 켜켜이 쌓여갈 뿐이었다.

나는 아이러니하게도 가족 사이에만 있으면 이방인이 된 것 같아 언제나 마음이 불편했다. 나의 고질적인 의문과 질문은 유년기를 지나 사춘기를 지나 성인이 될 때까지 동일했다.

— 나는 왜 행복할 수 없는 걸까. 나는 절대 태어나고 싶어 태어난 게 아닌데, 어째서 불행이 운명인 태어남을 당한 걸까.

▪ ▪ ▪

고등학생으로서 첫 등교를 하던 날이었다. 가족은 모두 자고 있었고, 난 교복을 챙겨 입은 뒤 아침밥을 먹기 위해 전날 끓여놓은 김치찌개를 냉장고에서 꺼내 데웠다. 홀로 정적 속에서 먹히지 않는 밥을 억지로 먹고 서둘러 학교에 갈 채비를 했다. 시계를 보니 시간이 빠듯했다.

"야, 밥 차려."

그때 안방에서 아빠가 잠에서 막 깬 얼굴로 나와 내게 말했다. 난 고등학교 입학식 날 따뜻한 아침밥을 차려주는 엄마나, 학교까지 태워주며 잘 다녀오라고 등을 두드리는 아빠는 언감생심 바란 적이 없었다. 그러나 혼자 등교 준비를 하는 딸에게 밥 차리라고 명령하는 아빠는 꼴 보기 싫었다.

"나 학교 가야 돼. 늦었어."

아빠는 오늘이 고등학교 첫 입학 날인지도 모르는 듯했다. 이제껏 입던 것과 다른 새 교복을 보며 의아한 눈이었다.

"성질나게 하지 말고 빨리 밥 차려. 밥 차리고 가."

아빠는 신경질적으로 의자를 끌어 앉더니 내게 협박하듯 말했다. 순간 울화가 치밀었지만 당장 학교에 가야 한다는 생각에 잠자코 냄비에서 김치찌개를 덜어 식탁에 놓았다. 잔뜩 짜증이 난 표정으로.

"이게 성질나게 하지 말라니까!!"

내 표정을 보더니 아빠는 고함을 지르며 김치찌개가 담긴 대접을 내 얼굴로 던졌다. 순간적으로 피했지만, 이마와 콧등을 타고 김치찌개 국물이 뚝뚝 떨어지고 있었다. 나는 새 교복이 더러워질까 무서워 얼른 화장실로 들어갔다.

얼굴과 머리는 엉망이었지만 다행히 교복은 블라우스 카라만 조금 젖어있었다. 여분의 블라우스가 있으니 그걸로 갈아입으면 된다. 나는 다시 세수하고, 머리를 감고, 혹시 교복에 김치찌개 국물이 묻어있을까 봐 한참을 살폈다.

그때 갑자기 화장실 문이 열리더니 아빠가 속옷도 입지 않은 나체의 몸으로 달려들어 내 교복을 잡아당겼다.

“이년 이거 교복 다 찢어 버려야 돼! 너 같은 건 학교 갈 필요가 없어!”

나는 교복을 찢으려 하는 것보다 나체인 아빠가 달려드는 것에 더 놀라 소리를 고래고래 질렀다. 그러자 엄마가 아빠를 말리며 안방으로 끌고 들어갔다. 닫힌 안방 문틈으로 두 사람이 싸우는 소리가 들렸다.

영문을 모를 이 상황에 잠시 멍하니 있다가 문득 시계를 보니 지각을 할 것 같았다. 나는 서둘러 블라우스를 갈아입고 집을 나왔다.

허둥지둥 학교로 뛰어가던 그때, 상가 유리에 비친 내 얼굴이 보였다. 터질 것 같은 심장과 달리 얼굴에는 아무런 표정이 없었다. 오랫동안 감정을 잃어버린 듯한 얼굴이, 얼룩진 유리창 속에서 초점 없는 눈으로 나를 쳐다보고 있었다.

입학 첫날부터 지각한 나는 눈치를 보며 빈자리를 찾았다. 다행히 선생님은 아직 오지 않으신 것 같았다. 교탁 바로 앞의 두 자리만 비어 있길래 홀로 그곳에 앉아 책가방을 풀었다. 아이들이 저마다 흥분된 목소리로 떠들고 있었다. 아는 친구가 없던 나는 뒤를 돌아보지 못하고 애꿎은 새 교과서만 멀뚱히 쳐다봤다.

중학교 때 친했던 친구들과 함께 같은 고등학교를 지망해 진학

하는 데까진 성공했지만, 같은 반까지 되진 못했다. 쉬는 시간이 되면 얼른 중학교 친구들이 있는 반을 찾아가 수다를 떨어야겠다고 생각했다.

우리 반을 맡은 담임선생님이 들어와 출석부 순서대로 이름을 불렀다. 자리가 새로 정해진 뒤 드디어 고등학교 첫 수업이 시작되었다. 나는 다소 긴장된 마음으로 새로운 선생님들의 목소리에 집중했다.

그런데 어느 순간 갑자기 배가 아프기 시작했다. 가스가 차듯 뱃속이 부글거렸다. 시간이 흐를수록 상태는 심각해졌다.

— 입학 첫날부터 실수하면 어떡하지. 아, 안 돼….

식은땀이 온몸을 적시고 손에서 흐른 땀 때문에 교과서가 축축해졌다. 선생님이 경직된 분위기를 풀려는 듯 던진 농담에 아이들이 까르르 웃었다. 나 혼자 웃지 못하고 극심한 고통 속에서 배를 움켜쥐었다.

악몽 같은 시간을 견디고 있던 그때, 쉬는 시간을 알리는 종소리가 들렸다. 주위가 다시 소음으로 산만해졌고, 순간 거짓말처럼 배가 평온해졌다. 혹시나 하는 마음에 쉬는 시간 내내 화장실에만 있었는데, 아까 그렇게 죽을 듯 아프던 배가 정말 아무렇지도 않았다.

— 이젠 괜찮아진 건가…?

나는 불안함을 안고 자리로 돌아왔다. 다시 수업이 시작되었고, 주위가 조용해지자 뱃속은 알람이라도 맞춘 것처럼 곧바로 부글거리기 시작했다. 그렇게 시작된 나의 정체 모를 고질병은 평생을 따라다니며 내 인생을 엉망으로 만들었다.

나는 처음에 이 병이 다분히 내과 질환이라고 생각했다. 단지 '타인과 조용하고 고립된 공간에 있을 때'만 복통이 시작된다는 점이 의아했지만, 어쨌거나 배가 아픈 것이니 내과에서 관련 약을 처방받아 먹으면 나을 수 있을 것으로 생각했다.

그러나 온갖 방법을 다 동원해도 내 병은 낫지 않았다. 내과에서는 '과민성대장증후군'이라며 마음을 편안히 유지하는 것이 방법이라고 했지만, 내 의지와 상관없이 생겨나는 '불안'을 치유하는 방법은 알려주지 못했다.

후에 난 이 병이 우울증에 따른 '사회 공포증'의 증상임을 알게 되었다. 내과가 아닌 정신과에서 상담을 받으며 치료하려 애썼지만 개선되지 않았다. 병원에서조차 원인을 마음을 다스리지 못하는 '내 탓'으로 돌리니 스스로에 대한 혐오감만 쌓여갔다.

학교를 졸업하고 사회생활을 시작하면서도 이 병은 나아질 기미가 없었다. 면접을 볼 때, 회의실에 들어갈 때, 애인의 차에 탔을 때, 심지어 친한 친구와 조용한 방 안에 같이 있을 때도 배가 아팠다. 직업상 회의가 잦았던 나는 회사 책상 서랍에 언제나 신경 안정제와 복통 완화제를 넣어 두었다. 회의에 들어가기 전에는 무조건 복용했지만, 매번 별 효과를 보지 못했다. 그러면서도 서랍 안의 약이 떨어지면 불안해했다.

직장에서 뿐만이 아니라 즐겁거나 사소한 순간들까지도 사력을 다해 넘어야 할 벽이 된 현실이 원망스러웠다. '왜 난 하필 이런 지독한 병까지 걸렸나.' 생각하면 할수록 억울해 견딜 수가 없었다.

친구들이나 가족은 이런 내 증상을 좀처럼 공감하거나 이해하지 못했다. 그저 내가 너무 예민한 것으로만 받아들였다. 몸을 다쳤을 때처럼 나도 다친 환부가 겉으로 드러나 사람들이 그 고통을 간접적으로나마 느낄 수 있으면 좋겠다는 생각이 들었다. 나는 결국 이 병을 아무에게도 말하지 않고 숨기기로 했다.

택배로 미처 부치지 못한 짐들을 커다란 다용도 백에 짊어지고 집을 나왔다. 잠깐의 외출이라도 하는 것처럼, 집에 있던 엄마와 봉봉이에게는 인사 한마디 하지 않았다. 엄마도 구태여 현관문을 열고 나가는 내 뒷모습에 말을 남기지 않았다.

지하철과 버스를 몇 번 갈아타고 드디어 셰어하우스에 도착했다. 나는 공동 현관에서 카드를 찍는 경험을 이때 처음 해봤다. 유리문이 열리며 고풍스러운 액자가 걸려있는 오피스텔 로비가 나왔다.

엘리베이터를 타고 올라가 도어록에 매니저가 알려준 비밀번호를 누르고 현관문을 열었다. 가장 먼저 보인 것은 거실 전면의 커다란 통창에 펼쳐진 푸른 하늘이었다. 보일러를 켠 바닥의 열기로 공기가 후끈했다. 통창 밖으로는 셰어하우스 전체를 감싸고 있는 테라스도 있었다. 테라스로 나가는 문을 여니 찬바람이 훅하고 들어와 뜨거운 실내 공기와 뒤섞였다. 나는 한결 맑아진 시선으로 다시금 이 새로운 공간을 하나씩 살펴봤다.

50평대 오피스텔을 셰어하우스로 꾸민 이곳은 5개의 방이 있었다. 각각 A~E룸이라고 불렀는데, 4개는 2층 침대가 있는 2인실이었고 D룸만 유일한 1인실이었다. 나는 모르는 사람과 한방을 쓴다는 걸 상상도 할 수 없어 다른 방보다 월세가 2배 정도 비싼 1인실을 택했었다. 2배가 비싸더라도 중개인과 봐왔던 원룸들보다 훨씬 저렴했으며, 무엇보다 비교할 수 없을 만큼 쾌적했다.

거실 한쪽에는 안락의자 두 개와 원형 탁자가 가지런히 놓여있었다. 그 위에 달린 미니 보드에 'welcome'이라고 쓴 귀여운 글씨체가 눈에 들어왔다. 중앙에는 10명쯤 앉을 수 있는 크기의 하얀 테이블도 놓여있었다.

아일랜드 식탁이 있는 주방에는 색색의 컵들과 각종 조리도구가 풀 세팅되어 있었다. 냉장고에는 칸마다 알파벳 스티커가 붙여져 있었고, 'D' 스티커가 붙여진 곳이 내가 이용할 칸이었다.

짐을 풀기 위해 D룸의 문을 여니 새 가구 냄새가 났다. 분홍색 커튼과 보라색 액자, 원목색 책상과 하얀색 옷장, 서랍이 달린 1인용 침대 등이 얌전히 자리하고 있었다. 익숙지 않은 공간에서 느끼는 낯섦이 기분 좋았다. 내가 살면서 가져본 가장 예쁜 방이었다.

■ ■ ■

"우리 서로 인사도 나누고 회의도 할 겸 거실에서 한번 모일까요? 시간은 오늘 저녁 9시쯤 어떠세요?"

며칠 뒤, 나는 셰어하우스 매니저를 포함한 하우스메이트 9명이 있는 단톡방에 글을 남겼다. 다들 초면의 예의가 깔린 상냥한 말투로 좋다고 대답했다.

셰어하우스에서 며칠 지내는 동안 얼굴을 못 본 사람이 더 많았다. 모두 있는 듯 없는 듯 방 안에만 틀어박혀 있었고, 주방이나 거실에서 이름도 모르는 누군가와 마주치면 어색하게 눈인사만 하고 황급히 자리를 뜨기 바빴다.

더욱이 룸메이트가 없는 유일한 1인실 이용자였던 나는 누구와도 말을 나눌 기회가 없었다. 내가 이곳에서 가장 나이가 많다는 것을 알고 있었기에, 이들 간의 친목을 위해 무언가 해야 할 것 같은 의무감이 들었다. 사실 나와 동갑이고 이 셰어하우스에 가장 먼저 입주한 하우스메이트가 한 명 있어 그 아이가 나서 주길 바랐으나, 좀처럼 그럴 기미가 보이지 않아 내가 총대를 메기로 한 것이다.

그날 저녁, 한자리에 모인 9명은 어색한 기류 속에서 저마다 멋쩍은 미소를 머금고 있었다. 나를 제외하고는 다들 2인실이라, 각 방의 룸메이트끼리는 이미 안면을 트고 소곤소곤 그들만의 대화를 나누기도 했다.

"안녕하세요! 이렇게 한꺼번에 모이니 정말 많다, 그죠? 우리 앞으로 한집에서 지낼 텐데, 서로 자기소개라도 하는 시간을 가졌으면 해서요. 먼저 저는 이다안이에요. 서른한 살이고, 콘텐츠 에디터로 일하는 직장인이고요."

자연스레 내가 진행자가 되어 시작된 자기소개는 이 공간에 정말 다양한 이들이 모여 있음을 알려주었다. 친화력이 좋은 몇 명이 농담을 던지자 분위기는 금세 화기애애해졌다. 우리는 쓰레기봉투나 휴지 등을 구매할 공금을 어떻게 모을 것인지, 청소 당번은 어떤 순서로 돌아갈 것인지 따위의 규칙들을 정했다.

나는 서기라도 된 듯 이를 일목요연하게 정리해 단톡방 공지로 올렸다. 셰어하우스 매니저는 스스로 숙제를 해온 아이를 칭찬하듯, 다들 어쩜 이리 센스가 넘치시냐며 웃음의 이모티콘을 남발했다.

모두 모난 데 없이 착하고 좋은 사람들인 것 같아 마음이 놓였다. 여자 9명이 모인 이 예쁜 집에서 드라마 《청춘시대》처럼 아기자기한 이야기들이 펼쳐질 것 같았다. 낯선 동네, 낯선 공기, 낯선 사람들. 모든 게 새로운 이곳에서 나 역시도 새로워지고 싶었다.

■ ■ ■

A룸에는 유혜리와 이소연이라는 22살 동갑내기가 살았다. 나이도 같고 휴학생이라는 공통점까지 있는 룸메이트라 둘은 단시간에 가장 빨리 가까워졌다.

혜리는 소처럼 큰 눈망울에 통통한 볼살을 가진 귀여운 아이였는데, 구김살 없고 활달했으나 혼자만의 사색을 즐기는 경향이 있었다. 뮤지컬을 전공했다는 그 아이는 서울로 올라와 연기학원을 다니고 있었는데, 항상 레몬 디톡스 같은 극단적인 다이어트를 시도하다 실패하기를 반복했다.

소연이는 낯을 가려 새침한 깍쟁이 같았지만 친해지니 누구보다 수다스러웠다. 지금껏 술을 마셔본 적도, 남자 친구를 사귀어본 적도, 귀를 뚫어본 적도 없다고 했다. 하메 중 유일하게 어머니가 자주 찾아오셨는데, 일주일에 한 번씩 어마어마한 양의 음식을 들고 와 딸의 냉장고 칸을 채우고 가셨다.

B룸에는 나와 31살 동갑인 남유선과 26살 신지민이라는 아이가 살았다. 나이 차가 꽤 나고 공통분모도 없었지만, 그 둘은 서로

적당한 거리를 지키며 별 트러블 없이 잘 지내는 룸메이트였다.

고향이 마산인 유선이는 강한 경상도 사투리를 사용했다. 정치 관련 협회에서 근무했는데, 자신의 모든 수입과 지출을 엑셀 파일로 정리할 만큼 돈에 관련해선 유달리 꼼꼼했다. 대출을 조금 끼면 서울에 투룸 정도는 살 수 있지만, 젊을 때 바짝 돈을 모으기 위해 셰어하우스에서 사는 것뿐이라고 했다.

지민이는 취업을 위해 지방에서 상경한 취준생이었다. 공기업이나 대기업이 아니면 들어가지 않겠다는 나름의 포부가 있었으나, 좀처럼 취직이 되지 않아 다양한 단기 아르바이트를 하며 용돈벌이를 했다. 인기 아이돌의 열렬한 팬이기도 했는데, 나도 뒤늦게 그 아이돌에 빠져 함께 덕질을 하며 가까워졌다.

C룸에는 20살 김예지와 23살 박희정이라는 아이가 살았다. 섬세하고 깔끔한 예지와 달리 털털하고 무신경한 희정이는 서로 성격이 상극이었는데, 주로 청소 문제 때문에 자주 다퉜다.

예지는 예쁘장한 외모에 항상 세트로 된 깜찍한 잠옷을 입고 있었다. 여기서 나이가 가장 어린데 성격도 까칠한 면이 있어 하메들과 잘 섞이지 못했다. 재수생이라고 했지만 당장 대학을 가려는 생각은 없어 보였고, 아르바이트로 돈을 모아 엄마와 함께 해외여행 갈 계획을 세우는 중이라고 했다.

휴학을 여러 번 했던 희정이는 올해는 반드시 복학을 해야 했으나, 아직도 수강 신청하는 방법을 몰라 지민이에게 부탁할 정도로 어리바리했다. 눈치가 없고 위생 관념이 부족해 하메들의 원성을 많이 샀는데, 화장실을 더럽게 쓰거나, 곰팡이 생긴 음식을 방치하거나, 밥을 먹고 치우지 않는 일들이 잦았다.

E룸도 A룸처럼 동갑내기가 살았는데, 28살인 오세영과 신은진이라는 아이였다. E룸은 셰어하우스 방 중 가장 싸고 비좁은 방이었지만 열악한 환경 속에서도 둘은 사이가 좋았다.

보이시한 성격의 세영이는 드라마나 영화의 미술 스태프로 일했다. 작품에 들어가면 거의 매일 외박을 해서 얼굴 보기는 쉽지 않았는데, B룸의 유선이와 같이 셰어하우스 초창기 멤버였고, 둘은 술을 좋아한다는 공통점 때문에 친해서 유선이가 세영이를 보러 E룸에 자주 놀러 갔다.

하메 중 유일하게 남자 친구가 있던 은진이는 170이 넘는 큰 키에 날카로운 인상과 달리, 상냥하고 감수성이 풍부했으며 재미있는 아이였다. 공시생으로 몇 년 동안 지내다 결국 포기하고 마케팅 회사에 취직한 지 얼마 되지 않았는데, 나와 직업도 비슷하고 성격도 비슷해 통하는 면이 많았다.

이토록 서로 다른 9명이 모여 간간이 불협화음이 나긴 했지만, 우리는 대체로 즐겁고 평화로운 시간들을 공유했다.

거실에 모여 노트북으로 인기 드라마와 예능을 함께 보면서 깔깔거리거나, 편의점에서 인스턴트 안줏거리를 이것저것 사 온 뒤 밤늦게까지 술판을 벌였고, 서로의 방에 놀러 가 작은 침대에 옹기종기 누워 시답잖은 수다를 떨기도 했으며, 주말 아침이면 느지막이 일어나 다 같이 주린 배를 붙잡고 근처 단골 김치찌개 백반집에 우르르 달려가기도 했다.

나는 집에서와 달리 퇴근을 하면 곧장 셰어하우스로 돌아왔다. 진짜 가족은 내가 회사를 다녀와도 현관문 쪽으로 눈길조차 주지 않았지만, 셰어하우스 아이들은 저마다 눈을 맞추고 잘 다녀왔냐는 인사를 해줬다. 그게 생경하면서도 그렇게 좋아 나는 퇴근 후 절대 딴 곳으로 세는 법이 없었다.

"언니 고생했어요~.", "저녁은 먹었어?", "우리 볶음밥 만들고 있는데 같이 먹을래요?" 같은 말로 나를 맞이해줄 때면 마음 깊숙한 곳이 뭉클했다. 집에서는 한 번도 듣지 못했던 다정한 인사들이었다.

우리는 종종 저녁에 다 같이 요리를 해 먹는 조촐한 파티도 즐겼다. 서툰 실력이지만 각자 만든 음식을 식탁에 모아 최선을 다해 플레이팅하고, 항공 샷으로 사진을 찍어 단톡방에 올리는 게 우리만의 소소한 즐거움이었다. 요리해주는 걸 좋아했지만 집에서는 그럴 기회가 전혀 없었던 나는, 내가 만든 음식을 아이들이 맛있게 먹어줄 때마다 엄마가 가족에게 느낄 법한 뿌듯함을 느꼈다.

집에서 느꼈던 불안정한 이방인의 느낌은 이제 없었다. 타인과 삶을 셰어하는 것은 생각보다 온유한 일이었다.

사라진 스무 살

나와 동생은 초등학교 때부터 그림에 소질을 보였다. 둘 다 교내·외 미술대회에서는 언제나 입상을 했고, 선생님들도 나를 미술에 재능 있는 아이로 생각했다. 나 역시 그림 그리는 게 좋았고 실력에 대한 자부심이 있었다.

엄마는 우리가 고등학생이 됐을 무렵 공부에 큰 성과가 없자 미술로 대학을 보내고자 했다. 나와 동생은 그렇게 당연한 절차인 양 입시 미술학원에 다니게 됐다. 지금 생각해보면 우리 집 형편에 미술학원과 미대가 가당키나 했는지 의문이다. 나와 동생에게는 미술에 대한 간절한 열정이나 특출난 천재성도 없었는데 말이다.

항상 그림에 있어선 칭찬을 듣던 나였는데, 학원에서는 얘기가 달랐다. 나보다 그림을 잘 그리는 아이들은 훨씬 많았고, 학교에서

와 달리 학원 선생님 눈에 들지도 못했다. 좋은 평가를 받지 못하는 그림을 그려낼 때마다 매번 자존감이 바닥을 쳤지만, 그래도 이게 내 길이겠거니 생각하며 매일 학원 차에 올라탔다.

고3 수험생이 되면서부터 미술은 내게 더 이상 즐거움이 아닌 전쟁이었다. 친구들은 책상에 앉아있는 자신들과 달리 야간자율학습 시간에 그림을 그리러 가는 나를 세상 속 편한 아이로 여겼으나, 실상은 그들보다 훨씬 치열했다.

당시 나는 패션디자인과 지망을 목표로 하고 있어 '발상과 표현'이라는 실기 준비를 했다. 특정한 주제를 주면 4시간 안에 파스텔과 물감 등을 이용해 창의적인 그림을 그리는 것이었다. 단순히 그림을 잘 그리는 것뿐 아니라 최대한 '빨리', '독창적으로' 주제를 표현하는 것이 관건이었다.

파스텔을 사용하는 발상과 표현은 '손바닥'이 붓의 역할을 해야 했는데, 가장 추운 계절에 쉬지 않고 손바닥을 '문지르고 씻고'를 반복하다 보면 나중에는 손바닥이 물러 터져 손등으로 문질러야 했다. 손등까지 터지면, 그땐 손바닥이 아물길 기다리며 팔뚝으로 문질렀다.

몇십 명이 밀폐된 공간 안에서 뿌려대는 파스텔 가루는 그대로 내 호흡기에 들어왔다. 코를 풀면 까만 콧물이 나왔고, 가래를 뱉으면 까만 덩어리가 튀어나왔다. 나는 아침 8시부터 저녁 8시까지 학원에 갇혀 쉼 없이 그림을 그리고, 손바닥이 찢기고, 매를 맞아야 했다.

매일 치르는 모의 실기시험은 특히나 나를 공포에 떨게 했다, 시험 시간이 끝나면 선생님이 모든 그림을 학원 로비 바닥에 펼쳐놓고 아이들이 보는 앞에서 곧바로 A부터 D까지의 성적을 매겼다. 그리고 A를 제외한 성적의 아이들은 모두 선생님에게 굵은 지휘봉으로 손바닥을 5대 이상 맞았다. 나는 A를 받아본 적이 한 번도 없어 매번 맞아야 했는데, 한 번은 손을 잘못 비켜 맞는 바람에 팔의 혈관이 다 터져 까맣게 부풀어 오른 팔뚝으로 그림을 그려야 했다.

그러나 그때의 나를 힘들게 했던 건, 그런 육체적 고통이 아닌 학원 선생님들의 이유 모를 차별이었다. 아이들이 보는 앞에서 일부러 내 책상만 따로 떼어놓고 얘는 부진아이기 때문에 따로 진도를 나가겠다고 했다. 그러면서도 선생님들은 나를 방치하고 내 그림을 단 한 번도 봐주지 않았다. 학원 친구들은 저마다 나를 향한 선생님의 태도를 이해하지 못하겠다며 숙덕거렸다. 분명 나보다 더 그림을 못 그리고 성적도 낮은 아이들이 있었으나, 걔네들은 모두 공평하게 선생님의 지도를 받고 있었다.

한 번은 옆자리 친구가 던진 농담에 내가 웃자 "이다안 조용히

해. 너 혼자 망하는 건 상관없는데, 다른 애들 그림 그리는 거 방해하지 마"라고 공개적으로 면박을 주기도 했다. 농담 따먹기를 하며 떠든 건 내가 아니라 옆자리 친구였는데, 부진아도 모자라 졸지에 아이들 수업을 방해하는 문제아 취급까지 받게 되어 너무나 억울했다.

앞서도 말했지만, 나는 처음부터 미대 진학에 특별한 애착이 없었다. 그저 엄마가 시키는 대로 시작한 길이었고, 없는 형편에 미술을 시키는 집 사정을 생각해서라도 꼭 목표를 이뤄야 했기에 그 서러운 차별들을 참았다. 선생님들이 나를 노골적으로 배척하는 것을 느낄 때면 오히려 한 시간씩 학원에 일찍 와 그림을 그리는 오기를 부렸다. 이렇게 하면 내 노력과 열정에 감격한 선생님들이 나를 다시 봐줄 것 같았다. 그러나 달라지는 건 아무것도 없었다.

입시에서 가장 중요한 전략을 짜야 하는 '가, 나, 다'군 대학을 정하는 상담에서도 나 혼자 제외됐다. 선생님은 상담을 시작하기 전, 아이들에게 말했다.

"여기에 학원비를 아직 내지 않은 애가 있다. 걔는 내가 상담을 해줄 수 없으니까, 혹시 본인이라고 생각된다면 지금 바로 부모님께 전화해서 학원비를 내도록 해."

그제야 나는 내가 당한 차별의 이유를 알 수 있었다. 엄마가 학원비를 제때 내지 못하고 있던 것이다. 엄마가 학원비 낼 돈이 없다는 걸 진작 알았더라면, 지금이 아니라 적어도 학원에서 처음 내 책상을 따로 띄어놓던 몇 달 전에 내게 말을 해줬더라면, 나는 곧바로 미술을 그만두고 몸과 마음이 편해졌을 것이다. 하지만 입시 실기시험을 코앞에 둔 시점에서는 상황이 전혀 달랐다. 난 이제 미술이 아니면 돌아갈 곳이 없었다.

여느 날처럼 아무도 봐주지 않는 그림을 그리고 있을 때, 학원 카운터에서 호출이 왔다. 난 불길한 마음을 안고 쭈뼛쭈뼛 카운터를 찾아갔다.

"그동안 많이 봐줬잖아. 지금 바로 짐 챙겨서 나가야 할 것 같아."

나는 당연하지만 냉정한 그 말에 아무런 대꾸를 하지 못하고 돌아섰다. 서러움이 북받쳐서 왈칵 눈물이 쏟아졌다. 학원 교실 안에서는 아이들이 열정적으로 그림을 그리고 있었고, 나는 그 교실을 황급히 지나쳐 비상구 계단에서 남은 울음을 쏟아냈다. 한참을 울어도 눈물은 그칠 생각이 없었다. 내 인생은 이제 망한 것 같아 무서웠다. 난 엄마에게 전화를 걸어 울음을 꾹꾹 눌러가며 힘겹게 말했다.

"학원에서 나보고 나가래. 근데 나 지금 끝내면 아무것도 안 돼. 이번 달만 다니게 해 줘."

수화기 너머로 엄마의 격양된 목소리가 귓가를 때렸다.

"너는 애가 왜 그렇게 이기적이니? 너 하나 때문에 그 많은 돈을 내야 해?"

나는 할 말을 잃은 채 입술을 깨물고 우두커니 서 있었다. 엄마는 내 대답을 듣지 않고 전화를 끊어버렸다. 통화 종료음이 들리는 휴대폰을 한참 동안 귀에서 떼지 못했다.

친구들에게는 인사도 하지 못한 채 울음으로 들썩이는 어깨를 안고 학원을 나왔다. 학원 선생님은 그런 나를 모른 척하며 눈길조차 주지 않았다. 미술 재료들을 양손에 들고 집에 들어왔을 때 아빠와 엄마는 또 소리를 지르며 싸우고 있었다. 빨갛게 튼 손바닥이 사무치게 시렸다.

▪ ▪ ▪

나는 결국 대학을 가지 않았다. 동생은 이름 모를 지방 대학 애니메이션 학과를 실기로 들어갔지만, 나는 실기시험 3개 중 2개는 보지 않았다.

혹시나 하는 마음으로 '가'군 시험을 보러 갔을 때, 학원에서 그리 친하지도 않은 남자아이와 시험장 복도에서 마주쳤다. 그 아이는 나를 보고 안쓰러워하는 표정을 짓더니 아무 말 없이 내 어깨를 두

번 툭툭 치고 지나갔다. 인사도 몇 번 해보지 않은 아이에게 동정을 받을 정도로 학원에는 내가 돈을 못 내 쫓겨난 사실이 다 알려진 듯했다. 자존심이 상하고 화가 났다. 어차피 떨어질 텐데, 시험 보러 오지 말걸. 후회가 됐다.

그 마음 상태로 시험장을 들어가 자포자기의 심정으로 그림을 그렸다. 당장 여기를 뛰쳐나가고 싶은 충동을 꾹 눌러가면서. 결국 나는 미완성된 그림을 제출했다. 당연히 평가 대상에도 들지 못하는 그림이다. 나는 남은 시험 2개는 보지 않기로 했다. 학원 친구들의 연락도 모두 차단했다. 그 아이들이 괜찮냐고 물어오는 위로 자체가 나를 죽이는 독약 같았다.

몇 달이 흐른 뒤, 나보다 그림도 못 그리고 성적도 낮았던 아이가 꽤 이름 있는 대학의 패션디자인과에 입학한 사진을 학원 친구들의 SNS에서 우연히 보았다. 성형도 하고 다이어트도 해서 몰라보게 예뻐진 모습이었다. 나만 빼고 친구들은 모두 캠퍼스 생활에 푹 빠져 있었다. SNS에는 하루가 멀다고 '동아리에서 새로 사귄 친구들, MT에서 생긴 재미있는 추억, CC 남자 친구와 떠난 해외여행' 등이 올라왔다. 모두 나와는 상관없는 이야기들이었다.

나는 돈을 벌기로 했다. 어떤 계획이 있어서라기보다, 재수생이 아니라면 '알바생'이라는 신분이라도 가지고 있어야 할 것 같았다. 무턱대고 일자리를 구하러 길을 나섰는데, 마침 집 바로 앞에 있는 호프집에서 아르바이트생을 구하고 있었다.

아직 초저녁이라 손님이 없는 가게 안으로 들어가 최대한 밝은 미소로 인사를 했다. 커다란 뿔테 안경을 쓰고 깡마른 여사장님이 나오더니 몇 마디 묻지도 않고 그 자리에서 바로 나를 채용했다. "지금 바로 시작할 수 있지?" 나는 얼떨결에 앞치마를 두르고 곧바로 서빙을 시작했다.

당시만 해도 나는 술 종류는 오로지 소주와 맥주만 있는 줄 알았다. 그러니까, 소주에도 '처음처럼'이나 '참이슬' 등이 있고, 맥주에도 '카스'나 '하이트'가 있으며, 생맥주는 사이즈도 다양하다는 사실을 모를 만큼 순진했다. 더군다나 음주에 대한 경험치가 제로였던 내게 동네 호프집에서 손님들이 부리는 추태는 가히 상상 이상이었다.

병맥주 10병을 시키더니, 그걸 서로에게 부으며 싸웠던 부부, 갑자기 테이블 위로 올라가더니 생맥주 3000cc 통에 오줌을 누던 남자, 어마어마한 양의 구토를 해놓고 내가 그걸 치우는 사이 계산도 하지 않고 도망간 아이들, 당당하게 아내와 어린 여자 친구를 번갈아 데리고 오며 자신의 능력을 자랑하던 경찰 아저씨….

그런 모습들을 볼 때마다 속으로 추하고 역겹다며 욕을 했지만, 그렇다고 내가 딱히 그들보다 고귀한 건 아니었다. 언젠가부터 그런 진상 손님에 익숙해진 내 모습이, 그들보다 더 초라하게 느껴졌다.

겉모습과 다르게 남성 편력이 심했던 사장님도 나의 염세를 부추겼다. 내 또래 자녀가 둘이 있던 50대 초반의 여사장님은 냉장고를 고치러 왔던 AS 기사, 혼자 맥주 한잔하러 온 중학교 선생님, 단골손님이었던 사채업자 등 스타일을 가리지 않고 모두 자신의 애인으로 만들었다.

단순히 혼자만의 불륜으로 끝나는 게 아니라 꼭 나를 끌어들이는 것이 문제였다. 불륜 상대와 노닥거리다 남편이 가게에 찾아오면 갑자기 불륜 상대를 내 삼촌이라고 말하도록 거짓말을 시켰고, 상대에게 애정 넘치는 문자 메시지를 받은 사실을 남편에게 들키자, 자신을 괴롭혀온 정신 나간 스토커라며 내게 증인을 서게 했다.

사장님의 수많은 애인 중에는 초등학교도 졸업하지 못한 일용직 노동자도 있었는데, 자신이 사장의 애인이라는 이유만으로 나에게 막 대해도 된다고 여기는 사람이었다. 하루는 자신의 친구들을 호프집에 불러 나더러 술을 따르라길래 내가 술집 여자인 줄 아느냐고 정색을 하며 화를 냈다.

"앙탈은? 너도 아저씨 애인할래? 내가 잘해줄게!"

내 태도에 그 사람은 앞니 하나가 빠진 삐뚤빼뚤한 치열을 드러내고 껄껄 웃어댔다. 그것도 모자라 잔뜩 비웃는 표정을 지으며 내게 어처구니없는 질문을 했다.

"너 ABC 알아? 모르지? 너 초졸이야, 중졸이야?"

"저 고등학교 졸업했고 대학 갈 건데요."

"웃기고 있네, 대학 갈 계집애가 여기서 밤새 서빙하고 있냐?"

순간 불쾌한 기분보다 나 자신에 대한 처량한 심정이 울컥 올라왔다. 그리고 불현듯 고등학교 때 단짝인 S와 책상에 목표하는 대학과 학과를 써 붙이며 나눴던 대화가 떠올랐다. 나는 패션디자인과로 유명한 명문대 이름을 포스트잇에 쓰고는 S에게 말했다.

"유명한 디자이너가 돼서, 네가 결혼할 때 웨딩드레스는 꼭 내가 만들어줄게."

그때는 그것이 진실로 반드시 이루어질 미래 같았다.

어느 날은 엄마가 자신의 친구 한 명과 함께 내가 일하는 호프집에 찾아왔다. 당황스러울 따름이었는데, 엄마는 메뉴판을 가져다주는 내 머리를 뜬금없이 쓰다듬더니 웃으며 말했다.

"재수 학원 다니면서 저녁에는 알바하고, 고생이 많지 우리 딸."

엄마는 친구 앞에서 내가 대학 가기를 포기하고 호프집에서 일하는 모습을 어떻게든 포장하려고 거짓말을 하고 있었다. 굳이 엄마까지 나서서 나를 초라하게 만들 필요는 없었을 텐데. 나는 굳은 표정으로 엄마를 쳐다보곤 생각했다.

— 진짜 계모같이 굴고 있네.

나는 그날 밤, 알바를 끝내고 집에 곧장 돌아와 엄마에게 말했다.

"나 재수할 거야. 독서실 좀 끊어줘."

"네 독서실 값을 왜 나한테 달라고 해? 네 돈으로 다녀!"

엄마의 목소리에는 신경질이 잔뜩 묻어있었다. 그리고는 마지막 말로 기어코 내 마음에 비수를 꽂았다.

"꼴에 대학은 가고 싶지?"

나의 스무 살이 시궁창으로 흘러 들어가 흔적도 없이 사라지고 있음을 느꼈다.

A룸의 혜리와 소연이는 언제부턴가 나를 '아빠'라고 불렀다. 규칙을 지키지 않아 피해를 주는 사람에게 싫은 소리를 하는 것도 나였고, 하우스메이트 간의 문제를 중재하고 셰어하우스 운영에 대한 불만 사항을 매니저에게 조리 있게 전달하는 것도 나였기 때문이다.

입주 초반 화장실 변기가 자주 막혀 아이들이 애를 먹고 있을 때, 나는 누가 시킨 것도 아닌데 한밤중에 혼자 관리실까지 뛰어가 커다란 뚫어뻥을 염치없이 빌려오기도 했다. 그리곤 더러운 줄도 모르고 열심히 변기를 뚫고 나서 고마워하는 애들을 보며 뿌듯해 했다.

특히 B룸의 유선이는 사소한 것도 잘잘못 따지기를 좋아했는데, 하우스메이트 중 누군가가 문제를 일으키면 꼭 내가 선생님이라도 되는 양 일러바치곤 했다.

"변기 자주 막히는 이유 알아냈어! C룸 희정이가 맨날 밤에 라면 먹잖아. 그거 남은 찌꺼기를 변기에 몰래 버리더라고. 음식물 쓰레기는 각자 봉투 사서 처리하기로 했는데. 안 그래?"

내가 그러냐고 대수롭지 않게 대꾸하고 가만히 있자 유선이는 답답하다는 듯 말을 덧붙였다.

"네가 여기 셰어하우스 '인싸'잖아~ 해결 좀 해야겠어."

마지못해 희정이를 찾아가 혼내듯 한마디하고 돌아서는데 유선이가 자신의 방에서 그 모습을 웃으며 지켜보고 있었다.

나는 그게 언짢고 얌체 같다 느끼면서도 마냥 싫지는 않았다. 나와 동갑인 유선이조차도 내게 의지하고 있다고 생각하니 정말로 이곳의 가장이라도 된 기분이 들었기 때문이다.

나를 언니로서 특히나 좋아하던 아이는 A룸의 소연이와 C룸의 예지였다. 소연이는 나이에 비해 물색없고 천진난만한 아이였는데, 하나부터 열까지 모두 나에게 조언을 구하고, 툭하면 내 방에 찾아와 짝사랑하는 오빠에 대한 시시콜콜한 얘기들을 늘어놨다. 하메들은 소연이가 다안 언니를 너무 좋아하는 것 같다며 놀림조로 말했고, 그때마다 소연이는 나를 뒤에서 껴안으며 "티 많이 나요?"라고 응수하는 애교까지 부렸다.

소연이의 집착 어린 관심이 귀찮을 때가 많았지만, 나를 이토록 좋아해 주는 그 아이에게 나도 엄마 같은 언니가 되어주고 싶었다. 아무리 사사롭고 하찮은 이야기라도 최대한 진중하게 들어주려 노력했고, 내 조언을 눈을 반짝이며 듣는 소연이가 귀여웠다.

C룸의 예지는 입주 초에 몇몇 아이들이 거실에서 자신을 욕하는 이야기를 들은 적이 있어 그때부터 하메들에게 마음의 문을 닫고 데면데면하게 지냈다. 먼지 알레르기가 있던 예지가 청소에 대해 너무 예민하게 굴어서 희정이가 방에 들어가지 못하고 눈치를 본다는 내용이었다. 나는 뒤늦게 그 모습을 발견하고 방에서 분명 예지가 듣고 있을 것이 걱정됐다. 셰어하우스는 방음 상태가 열악했기 때문에 아이들도 그 사실을 모르진 않았을 것이다.

나는 그 자리에 있던 아이들에게 위생에 대한 기준은 사람마다 다를 것이고, 룸메이트끼리는 그걸 조율하는 과정이 필요한 건데, 이렇게 당사자가 없는 뒤에서 한 명의 잘못으로 몰아세우듯 욕하는 건 잘못됐다고 말했다.

예지가 그런 내 말을 들었던 것인지, 이후로 다른 사람과 달리 유독 나에게만 살갑게 굴었다. 나랑 있을 때면 소연이 못지않은 수다쟁이가 되어 이런저런 이야기들을 열심히 늘어놓다가도, 다른 하메가 등장하면 갑자기 말을 멈추고 방으로 들어가 버리는 식이었다.

내 생일날 모두가 파티를 벌여주며 축하해줄 때는 조용히 있다가, 저녁쯤 내 방문을 두드리곤 수줍게 책 한 권을 내밀며 생일 축하한다고 말해준 일도 기억한다. 책 안쪽에는 'Happy birthday, 다안 언니!'라는 단정한 글씨가 새겨져 있었다.

예지는 결국 몇 달 만에 위약금을 내고 셰어하우스를 떠났다. 마지막 가는 길에도 내게만 찾아와 인사를 하던 예지는 이제껏 보지 못했던 밝은 미소를 지으며 "언니 그동안 고마웠어요"라는 말을 남겼다.

소연이와 예지가 딸 같은 동생이라면 B룸의 지민이와 E룸의 은진이는 친구 같은 동생이었다. 나는 모든 하메와 가깝게 지냈지만, 그들 중 특히 지민이, 은진이와 가장 친했다.

나와 동갑인 친언니가 있었던 지민이는 그만큼 다른 동생들에 비해 나를 훨씬 편하게 대했다. 짓궂은 장난을 치기도 하고, 힘으로 나를 제압해 괴롭히기도 하면서 진짜 친자매처럼 투닥거리며 가까워졌다. 특히 인기 아이돌 얘기만 하면 우리 둘은 나이 차이를 실감하지 못하고 10대 여자애들처럼 설레하며 수다를 떨었는데, 아이돌 관련 전시회나 굿즈를 보러 가는 핑계로 서울 여기저기를 함께 놀러 다니기도 했다.

털털하고 '츤데레' 같은 타입이었던 지민이는 "저는 변비일 때 똥 싸면서 눈물 고이는 거 말고는 살면서 눈물을 흘려본 적이 없어요"라고 입버릇처럼 말하며 항상 자신이 눈물 없는 사람임을 강조했다. 그러나 과하게 장난을 쳐서 내가 기분이 상했을 때면, 진짜 과일 '사과'를 사 가지고 와 내밀고는 온종일 내 눈치를 살필 만큼 실상 속은 여린 아이였다.

한 번은 지민이가 몸이 아픈 적이 있었는데, 나는 그게 너무 신경 쓰여 약과 죽, 수프를 사 들고 와 간호를 해준 적이 있었다. 지민이는 그런 나에게 "우리 엄마도 나 아플 때 이렇게 안 해줄걸요"라고 말하며 퉁퉁 부은 얼굴로 웃어 보였다.

은진이는 나와 여러모로 코드가 잘 맞는 아이였다. 좋아하는 감성 포인트가 닮았고, 성격이나 버릇 등도 소름 끼칠 만큼 똑같은 구석이 있었다. 나는 그런 은진이에게 유독 정이 갔고, 우리는 서로 공감 소재를 계속 만들어내며 단시간에 친해졌다.

은진이는 첫사랑과 7년 동안 교제 중이었는데, 결혼에 대한 걱정이나 직장, 진로 등에 관한 다양한 고민들을 내게 말하고 조언을 구했다. 나는 은진이와 그런 현실적인 고민을 나누면서 스스로가 좀 더 성숙해지는 느낌이 들었다.

은진이는 매사에 잔걱정이 많았지만, 근본적으로 행복한 아이였다. 지금 남자 친구와 결혼하면 평생 사귀어본 남자가 한 명이 되는 거라며 그게 너무 원통하고 억울하다고 했지만, 가끔 애정전선에 대해 진지하게 물으면 아직도 신기할 정도로 서로 너무 사랑한다며 수줍게 웃었다. 직장이 박봉이어서 때려치우고 싶다고 하면서도 언제나 자신이 하는 일에 재미와 보람을 느끼고 있었으며, 넉넉한 집에서 셰어하우스 월세와 생활비를 매달 보내주어 실질적으로 돈에 대한 걱정은 없어 보였다. 연년생인 여동생은 매달 볶음밥을 맛별로 만들어서 냉동상태로 부쳐주며 '밥 굶지 마'라고 카톡을 보내줄 만큼 의젓했고, 모델같이 쭉쭉 뻗은 몸매는 아무리 밤마다 야식을 먹어도 군살 하나 붙지 않아 하메들의 부러움을 샀다.

은진이는 언제나 '행복의 아우라'를 품고 있었다. 이 아이 옆에 붙어있으면 나도 덩달아 행복해질 수 있지 않을까 기대했다.

햇살이 따사로운 봄날의 주말에 지민이와 은진이와 나, 우리 셋은 드라마 《청춘시대》 촬영지를 찾아갔다. 연남동의 예쁘고 아기자기했던 주택은 촬영이 끝난 후 세련된 찻집으로 인테리어가 변경되어 있었다. 안으로 들어가자 입구 앞에 《청춘시대》 포스터가 걸려있었다. 나는 포스터 안에서 턱을 괴고 엎드려 있는 주인공들을 한 명씩 짚으며 우리와의 공통점을 찾아봤다. 맨날 알바에 허덕이고 셰어하우스 규칙을 철두철미하게 관리하는 큰 언니 역할은 나와 닮았다고 했다. CC 남자 친구에게 푹 빠진 애교 만점 사랑꾼 역할은 은진이와 닮았다고 했다. 시크하지만 좋아하는 아이돌 얘기만 나오면 소녀처럼 흥분하는 막내 역할은 지민이를 닮았다고 했다.

"뭐야, 누가 들으면 자기는 아이돌 안 좋아하는 줄 알겠네!"

지민이가 퉁명스럽게 말하며 내 어깨를 툭 치자 우리 셋은 웃음이 터졌다. 은진이가 포스터를 배경으로 기념사진을 찍자고 제안했다. 우리는 다소곳하게 예쁜 척 포즈를 취하다가 얼마 못 가 엽기 표정을 짓고 얼굴 몰아주기도 하면서 숨넘어가게 웃었다. 전망이 좋은 테라스의 테이블에 자리를 잡고 앉아 음료와 케이크도 주문했다. 찻집 메뉴는 다소 비싸고 맛도 별로였지만 돈이 아깝지 않았다.

"오늘 진짜 재밌었다."

셰어하우스로 돌아가는 버스를 기다리며 정류장에 서 있는데, 지민이가 대뜸 말했다.

"맞아."

나와 은진이는 약속이나 한 듯 동시에 큰소리로 대꾸했다. 지민이의 말은 마치 헤어짐의 인사 같았지만 우리는 저녁이 왔다고 결코 헤어질 필요가 없었다. 같은 버스의 같은 자리에 나란히 앉아 정신없이 수다를 떨며 같은 집으로 돌아왔다. 아이들의 목덜미를 타고 지나가는 봄바람에서 해질녘 노을의 빛깔이 묻어났다.

그날 밤, 잠옷으로 갈아입은 은진이와 지민이는 각자 가지고 있는 화장품들을 손에 가득 들고 내 방에 모였다. 쌍꺼풀이 없는 지민이에게 유튜브에서 봤던 '눈이 커 보이는 화장법'을 해주기로 오는 길에 약속했기 때문이었다. 정성스럽게 아이라인을 그려준 뒤, 고데기를 이용해 칼 같은 일자 단발에 동글동글한 컬까지 넣어주고는 너무 예쁘다고 호들갑을 떨었다. 지민이는 마음에 안 든다며 뾰로통했지만, 나와 은진이는 성공적인 메이크오버를 자축하며 하이파이브를 했다.

그렇게 같은 공간에서 서로 부대끼며 우리는 서로의 일상에 빠르게 스며들었다. 얼마 전까지만 해도 서로 다른 삶을 살던 이들이 인생의 똑같은 한쪽을 공유하고 있다는 건 새삼 신기한 일이었다. 어쩌면 평생을 모르고 살았을 수도 있던 이 아이들과 삶의 연결고리가 채워진 셈이었다.

학교 앞 고시원

호프집 아르바이트가 끝나면 새벽 2~3시쯤이었다. 손님이 많은 주말에는 4시에 끝나기도 했다. 나는 알바가 끝나면 곧장 집으로 가지 않고 아파트 단지를 하릴없이 돌아다니며 시간을 때웠다. 최대한 늦게 집에 들어가고 싶어서였다.

별 하나 없는 까맣고 네모난 하늘을 올려다보면 숨이 막혀 깊은 한숨이 나왔다. 하얀 입김이 흔적도 없이 사라지듯 나도 세상에서 사라지면 좋겠다는 생각이 들었다.

나는 호프집에서 손님들이 두고 간 담배 몇 개비들을 따로 모아두었다가, 알바가 끝나면 집 근처에서 하나씩 불을 붙여 입에 가져다 대봤다. 처음에는 피우는 방법을 몰라 기침만 하다 버리기 일쑤였는데, 몇 번 하다 보니 요령이 생겨 제법 제대로 피울 수 있었다.

사람들은 담배를 피우며 스트레스를 푼다던데, 나는 아무리 피워봐도 공허한 마음이 달래지지 않았다. 고작 이런 걸 왜 다들 못 끊어서 힘들어할까. 그래도 딱히 할 게 없으니 담배라도 피웠다.

이미 많이 늦은 걸 알고 있었다. 수능 결과가 나오자마자 재수를 결정한 아이들이 하루 종일 학원에서 공부하는 동안 난 매일 호프집에서 새벽까지 서빙을 하고 있었으니까. 하지만 이렇게 평생 살 게 아니라면 무엇이든 시작해야 했다. 제대로 된 직장을 가지려면 그래도 대학은 나와야 하는 게 현실이었고, 독립을 위해서라도 직장이 필요했다.

손님으로 와서 내게 번호를 물으며 끊임없이 구애하던 어느 대학생 오빠와의 일도 자극이 됐다. 호프집 서빙 아르바이트나 하며 계획 없이 살아가는 내 꼴이 한심해, 연애 따위는 꿈도 꾸지 말아야 할 것 같아 좋으면서도 거절했었다. 눈만 뜨면 기계처럼 더러운 바닥을 대걸레로 닦고 있는 나는, 겨우 스무 살이었다. 나도 다른 아이들처럼 예쁘게 꾸미고 캠퍼스를 누비고 싶고, 여행도 가고 싶고, 남자 친구도 사귀고 싶었다.

나는 다음 해, 수도권 2년제 대학에 수시모집으로 들어갔다. 나의 내신 성적은 형편없었지만, 실기시험을 치를 수 있는 상황도 아니었고, 수능도 따로 준비하지 못했으니 어쩔 수 없었다. 덕분에 고등학교 때는 진학을 고민해본 적도 없었던 대학에 입학할 수밖에 없었다. 하지만 인터넷에서 편입을 위한 여러 방법을 찾아보았고, 차후에 학점 은행제를 이용해 반드시 목표했던 대학에 편입하겠다고 마음먹었다.

학과는 내가 늘 꿈꾸던 패션디자인과였다. 당시 나는 영화《악마는 프라다를 입는다》를 보고 패션 에디터라는 직업에 로망이 생겼었는데, 꼭 패션 잡지사에 취직해서 영화 속 주인공처럼 멋진 커리어우먼이 되고 싶었다.

전문대는 캠퍼스라기보다 학원 같은 느낌이 강했다. 강의실은 웬만한 규모의 학원들보다 작고 허름했다. 우리는 숱한 시간제 강사들에게 수업을 받으며 그들을 교수님이라고 불렀다. 한 번은 복식사 강사가 강의 중간에 전공 서적에 나와 있는 'comb'라는 단어가 무슨 뜻인지 아느냐고 물었다. 순간 강의실 안이 물을 끼얹은 듯 조용해졌다. 내가 혼자 '빗…'이라고 작게 중얼거리자 곳곳에서 감탄이 터져 나왔다. 강사는 "이야 영어 좀 하는데?"라고 말하며 갑자기 손뼉을 쳤다. 나를 칭찬하는 듯했지만, 실은 대놓고 학생 모두를 무시하는 뉘앙스가 깔려 있었다.

기가 막혔다. 이게 내가 들어온 대학 수준이라니. 이 상황 자체가 불쾌하고 자존심이 상해 굳은 표정을 숨기지 못했다. 얼른 편입해야겠다는 굳은 다짐만 마음속으로 연신 되뇌었다.

과대표는 뒤늦게 패션 디자인에 관심이 생겨 직장을 그만두고 진학했다는 30살의 언니였다. 과대표를 하겠다고 지원하는 학생이 그 언니뿐이라서 투표도 없이 뽑혔다. 언니는 과대표 생활에 굉장히 열정적이었으나 아이들은 하나같이 그 언니를 무시하고 따돌렸다. 언니는 그런 건 아무래도 상관없다는 듯 매사에 무미건조한 표정으로 일관했다. 문제아들이 가득한 반에 배정된 타성에 젖은 선생님처럼, 아무도 듣지 않는 공지사항을 칠판 앞에서 홀로 읊조리고 미련 없이 자리로 돌아와 앉곤 했다.

나는 그 언니와 개인적인 친분은 전혀 없으면서도 항상 조별 과제를 같이 했다. 성적에 관심 없는 아이들이 하나같이 여러 핑계를 대며 할 일을 미루는 동안, 나와 언니는 그 공백을 메꾸느라 두세 배 더 열심히 과제를 했다. 그러면서도 불만을 품지도 않았다. 다른 아이들에게 자료 조사나 발표하는 것을 맡기는 게 우리에게 더 손해라고 생각했기 때문이다. 특히 PPT를 만드는 일은 언니조차 매우 서툴러서, 밤을 새워서라도 사소한 것 하나부터 열까지 내가 다 맡아서 해야 직성이 풀렸다.

그 무렵 엄마는 동생이 다니는 대학이 있는 전라남도 광주로 이사 갈 계획을 세우고 있었다. 그곳에서 영어 학습지 학원을 인수해서 아빠 대신 돈을 벌어 볼 생각이라고 했다. 나는 학교 때문에 그곳을 따라갈 수 없으니 따로 지낼 곳을 마련해야 했다. 엄마는 보증금을 대줄 여력이 없어 내가 고시원에서 지내길 원했다. 나도 딱히 다른 선택권이 없었다.

학교 근처 고시원을 죄다 찾아다녔다. 도대체 이런 데서 어떻게 사람이 살까 싶은 곳까지 보다 보니 일명 '고시텔'이라고 불리며 방 안에 화장실이 있는 고시원이 호텔급으로 느껴졌다. 적어도 씻는 장소가 공용이 아니라는 것은 내게 매우 큰 장점이었다. 고시원으로 이사하는 그날까지도 아빠와 엄마는 물건을 집어 던지며 싸웠다. 나는 차라리 잘됐다 여기며 내 몸 하나가 들어가면 꽉 차는 성냥갑 같은 고시원 601호에 짐을 풀었다.

내가 살던 고시원은 남녀의 구분이 없는 곳이었다. 내 또래 학생부터 40~50대로 보이는 아저씨까지 다양한 사람들이 살고 있었다. 나는 창문이 없는 가장 저렴한 방에서 살았는데, 불을 끄면 지금이

낮인지 밤인지조차 알 수 없는 암흑이었다.

비좁은 방을 화장실이라고 쪼개 놓은 유리문 안에는 변기와 샤워기, 세면대가 있었다. 문을 닫은 상태에서는 몸을 구부리고 세수를 할 수 없었고, 변기에 앉으면 유리문이 코에 닿을락 말락 했다. 샤워를 하면 문틈으로 물이 다 새어 나가 침대 끝이 젖었다.

습하고 어두운 방에는 일명 '돈벌레'라 불리는 그리마가 자주 출몰했다. 벌레를 병적으로 무서워하던 나는 그리마가 나타나면 차마 잡지는 못하고 눈물을 뚝뚝 흘리며 방구석에 서서 발을 동동 굴렀다.

주방과 세탁실은 공용이었다. 총무가 라면과 달걀을 식탁 위에 올려놓으면 몇 시간도 안 돼서 동이 났다. 사람들은 절대 주방에서 식사하는 법이 없었는데, 모두 알게 모르게 음식을 만들어서 좁은 방 안으로 가지고 들어가 먹었다. 나 역시도 그랬다.

세탁기 사용도 경쟁이 치열했다. 빨래가 돌아가고 있는 세탁기 위에 세탁물을 올려놓는 건 내가 다음 차례라고 줄을 서는 것이었다. 그렇게 세탁기 위에는 여자의 빨간 속옷이 있기도, 때 묻은 인부의 점퍼가 놓여있기도 했다. 빨래를 널어둘 곳도 방 안뿐이었던 터라 안 그래도 습한 방 안이 더욱 눅눅해졌고, 채 마르지 않은 옷가지들에선 항상 기분 나쁜 군내가 났다.

고시원 복도 중간에는 공용 컴퓨터가 있었다. 나는 급한 메일을 보내기 위해 처음으로 사용해 보았는데, 바탕화면에 야동 여러 개가 버젓이 깔려 있었다. 사람들이 지나다니는 복도에서 이걸 어떻게 본 걸까. 나는 그 뒤로 아무리 급한 일이 있더라도 공용 컴퓨터를 사용하는 대신 돈을 내고서 근처 PC방에 가는 걸 택했다.

고시원은 겨울보다 여름이 더 괴로웠다. 겨울에는 전기장판을 틀고 있으면 되지만, 여름에는 창문 하나 없는 방에서 선풍기로는 답이 없었다. 총무가 하루에 세 번 에어컨을 틀어줬는데, 그마저도 아주 짧게 틀어주고 밤에는 아예 꺼버렸다. 나는 도저히 잘 수가 없어 2리터 페트병에 물을 담아 얼리고는 밤마다 그걸 끌어안고 잤다. 얼린 페트병은 얼마 못 가 미지근한 물이 되었고, 나는 숨 막히는 더위를 피해 근처 24시 카페에 들어가 잠을 청한 적이 많았다.

언젠가 이른 새벽, 끔찍한 생리통 때문에 잠에서 깨어나 좁디좁은 고시원 침대 위에서 뒹굴고 있었다. 나는 매달 자궁벽이 허물어질 때면 뱃속을 예리한 칼로 난도질하는 듯한 끔찍한 생리통에 시달리곤 했다. 그때마다 진통제를 세 알씩 털어 넣고 버텼는데, 그날은 진통제를 먹어도 아무 소용이 없었다. 천장이 빙글빙글 돌면서 숨쉬기도 어려웠고, 천둥 같은 고통이 매우 짧은 간격으로 반복됐다. 나는 119에 신고하기 위해 침대에서 바닥으로 쓰러지듯 떨어져 책상 위를 더듬거리며 휴대폰을 찾았다.

휴대폰을 찾았던 것까지는 기억이 나는데, 정신을 차렸을 때는 어느새 야심한 밤이 되어 있었다. 책상 위에 있던 화장품들이 바닥으로 떨어져 깨져있는 게 보였다. 나는 결국 휴대폰을 찾지 못하고 정신을 잃었고, 그렇게 아무도 모르게 하루를 꼬박 홀로 기절해 있었다는 사실을 깨달았다. 엉망이 된 방 안을 멍하니 바라보다, 문득 알바 시간에 늦었다는 것을 깨닫고 서둘러 옷을 챙겨입고 나왔다.

나는 고시원에 들어오자마자 같은 건물 바로 아래층에 있는 호프집에서 다시 서빙 알바를 시작했는데, 같은 과 선배들이 신입생들을 데리고 내가 일하는 곳에 자주 술을 마시러 왔다. 너도 신입생인데 왜 참석을 안 하냐고 핀잔을 주면 보시다시피 선배님들 술 시중을 들기 위해 같이 못 마신다며 넉살 좋게 받아쳤다. 동기들이 바닥에 깨트려 놓은 소주잔을 쓸거나 선배가 게워놓은 토사물들을 닦다 보면 감정도 감성도 모두 무뎌지는 듯했다. 가끔 스무 살의 내 모습과 지금의 내 모습이 겹쳐 보여 허무할 때도 있었지만, 목표가 있기에 그때와는 분명 다르다고 자위했다.

알바를 마친 새벽에 고시원 방에 들어오면 씻을 기운도 없었다. 과제가 많거나 시험 기간일 때는 바로 잠들 수도 없었다. 그렇게 비

몽사몽인 상태로 버티다 담배 냄새와 기름 냄새가 진동하는 옷을 그대로 입고 딱딱한 매트리스에 몸을 누이면, 눈 깜짝할 사이에 이튿날 아침이 찾아왔다.

불치병의 그림자

셰어하우스에서 새로운 직장까지는 마을버스로 단 10분 거리였다. 인천에서 2시간 거리로 출·퇴근하던 걸 생각하면 회사가 코앞에 있는 거나 다름없었다. 국내 대형 게임 회사 가운데 하나였는데, 이전에 다니던 방송국을 퇴사하고 면접 본 곳 중 가장 연봉이 높고 복지가 좋았다. 나는 게임에 관해서 완벽한 문외한이었지만, 회사의 네임벨류와 연봉에 혹해 혹시나 하는 마음으로 지원을 했었다. 면접도 복통으로 인해 잘 보지 못했고, 게임에 대해서도 아는 바가 없어 당연히 떨어질 줄 알았는데, 정규직으로 합격했다는 연락을 받고 기분이 얼떨떨했다.

후에 팀장님에게 내가 뽑힌 이유를 들을 수 있었는데, 회사에서는 내가 다양한 분야의 콘텐츠 에디터 경력을 가지고 있고 디자인도 가능하다는 점이 플러스 요인이 됐으며, 특히 게임 외골이었던 타 지원자들과 차별되는 신선한 시각을 가진 점을 높게 샀다고 했다.

정형화된 게임 콘텐츠를 탈피하려는 방편으로 내가 뽑힌 셈이었는데, 내가 그 기대에 못 미치면 어쩌나 하는 걱정이 앞섰지만 괜한 기우겠거니 여겼다. 어쨌거나 이제 엄마에게 생활비를 줄 필요도 없었고, 이전보다 훨씬 높은 연봉을 받으며 마음 잘 맞는 친구들과 새로운 공간에서 지내니 앞으로 행복할 일만 남았다고 생각했다.

어떻게든 이 행복의 조건들을 지키고 싶었는데, 반드시 지켜야 했는데. 그 간절함이 너무 지나쳤던 탓일까. 엄청난 부담감에 사로잡힌 나는 이 회사에 다니며 사회 공포증으로 인한 복통이 점점 더 심해지고 말았다. 게임에 대한 이해도가 낮고 업무에 대한 애정이 없으니 고질병을 버텨낼 의지나 열정도 좀처럼 생겨나질 않았다.

입사 직후 신입사원을 위한 교육 시간이었다. 매우 자유롭고 편안한 분위기였음에도 단지 밀폐된 공간이라는 이유로 배가 극심히 아팠다. 아무리 태연한 척 애써봐도 손이 덜덜 떨리고 식은땀이 비 오듯 흘러 주위 동기들의 걱정 어린 시선을 한 몸에 받았다. 나의 첫인상을 망쳐버릴까 봐 불안에 떨었던 그 순간이 어찌나 공포스럽던지, 한동안 꿈에도 나올 정도였다.

그 사건을 시작으로, 몇 달 동안 회사 생활을 하며 회의에 들어갔다가 도저히 참을 수 없이 배가 아파 뛰쳐나온 적이 비일비재했다. 그때마다 아버지가 아프시다는 급한 전화가 왔다거나, 체해서 구토가 나올 것 같다는 둥 누가 들어도 말도 안 되는 핑계를 대며 회의실을 빠져나왔다. 그것도 모자라 자리에 앉아있으면 업무에 집중이 되지 않고 알 수 없는 불안함에 가슴이 답답하기까지 했다. 회의에 적극적으로 임하지 않고 자리도 자주 비우니 회사 사람들의 눈에는 불성실한 신입으로 찍히게 됐다. 내가 봐도 나는 이 회사에 존재하는 최악의 직원이었다.

마치 내 안에 남아있던 우울의 흔적들이 추진력을 얻기 위해 잠시 매복하고 있다가, 인생에서 가장 중요한 순간에 맞춰 튀어나와 나를 악질적으로 괴롭히는 느낌이었다.

셰어하우스에서 아이들과 수다를 떨 때는 분명 즐거운데, 홀로 방에 들어와 내일 출근할 생각을 하면 극심하게 우울하고 괜히 눈물이 났다. 워커홀릭이었던 과거가 무색하게 회사만 오면 무기력증에 빠져 아무것도 하기가 싫었다.

한 번은 팀장님이 나에게 면담을 요청해서는 기대가 큰 직원이었는데 여러모로 실망스럽다는 얘기를 꺼냈다. 나는 그 상황이 너무 긴장되어 또 배가 지독하게 아파졌다. 허벅지를 쥐어뜯어 봐도 계속 정신이 멍해졌다. 귓가에는 삐— 하는 이명이 들리고 식은땀이 비 오듯 흘렀다.

급기야 나는 진중하게 설교하는 팀장님을 홀로 두고 회의실을 뛰쳐나갔다. 그리고 한참 뒤에야 팀장님 자리로 찾아가 화장실이 너무 급해서 그랬다며 사죄했다.

"이거 또라이네. 너 지금 장난하니?"

평소 온화하기만 한 팀장님이 이성을 잃고 소리를 지르자 사무실 사람들이 모두 나를 보며 수군거렸다. 이 일화는 삽시간에 사내에 퍼졌고, 나는 입사 한 달 만에 '또라이'라는 별명을 얻게 되었다.

회사가 너무 싫고 무서웠지만 그만둘 수 없었다. 드디어 누구나 인정할 만한 조건의 회사에 들어와 지긋지긋한 돈 걱정도 할 필요가 없어졌는데 이대로 패배자처럼 모든 것을 포기하기 싫었다. 나는 지푸라기라도 잡는 심정으로 정신과를 다시 가기로 했다.

셰어하우스 거실에 모여 있는 아이들에게 혹시 과민성대장증후군 잘 보는 신경정신과 아느냐고 넌지시 물었다. 괜한 선입견을 주고 싶지 않아서 우울증이나 사회 공포증에 관한 얘기는 꺼내지 않았다. 증상도 그리 심한 편이 아니라고 하면서 대수롭지 않은 척 말했다.

B룸의 유선이가 자신의 친구가 몇 달간 다녔는데 괜찮더라는 곳을 추천해줬다. 검색을 해보니 회사에서 지하철과 버스를 타고 한 시간 반은 꼬박 움직여야 하는 곳에 있었다. 마음이 급했던 나는 당장 다음날 반차를 내고 그곳에 찾아갔다. 반드시 치료될 거라는 희망도 제법 품었다.

지도 앱을 켜고 겨우 찾아낸 병원은 오래된 벽돌로 지어진 건물에서 음습한 기운을 뿜어내며 자리하고 있었다. 간판은 반절이 불이 나가서 '이충현 정신건강의학과' 중 '이충현 정신' 다섯 글자만 희미하게 빛났다.

50대로 보이는 중년의 남자 의사와 마주 앉아 나를 평생 쫓아다니는 이 고질병에 대한 괴로움을 토로했다. 병원에 오는 길 내내 뭐라고 말할지 메모장에 적으며 연습도 여러 번 했다. 나의 고통이 제대로 전달될 수 있도록 아주 자세히, 그리고 최선을 다해 말하고는 물었다.

"선생님, 저 괜찮아질 수 있을까요?"

의사는 턱을 괴고 심드렁한 표정으로 대답했다.

"괜찮아질 수도 있고, 아닐 수도 있고."

초조한 내 속도 모르고 무책임하게 내뱉는 그 대답에 순간 허탈함을 느꼈다.

"자기는 말이 너무 많네. 일단 약 처방해 줄 테니 먹어보세요."

의사는 자신은 할 일을 다 했으니 어서 나가보라는 듯이 눈짓을 했다.

약 봉투를 손에 쥐고 셰어하우스로 터덜터덜 돌아오는 길이 끝없는 미로처럼 구불거렸다. 과거 우울증에 시달리다 처음으로 찾았던 심리상담소가 떠올랐다.

인터넷을 샅샅이 뒤진 끝에 고심하여 선택한 그곳은 첫 상담비 10만 원을 선불로 내야 한다고 했다. 나는 주머니 사정이 여의치 않은 중에도 거리낌 없이 10만 원을 지불하고 상담실로 들어갔다. 상담실 안에는 담요가 올려져 있는 안락한 소파와 딱딱한 접이식 의자가 있었다. 나는 영화나 드라마에서 본 것처럼 내가 소파에 기대앉아 우울한 내 심정을 상담사에게 토로하면 되겠다고 생각했다.

그러나 잠시 후 들어온 상담사는 자신이 그 소파에 앉아 무릎 위에 담요를 덮었다. 그리고는 나에게 어서 앉으라는 말을 하며 접이식 의자를 가리켰다. 나는 잠시 당황했지만 티 내지 않고 차가운 의자에 엉덩이를 붙였다.

상담사는 노트북을 잡더니 이곳을 찾아오게 된 이유를 설명해보라고 했다. 나는 나의 우울의 시작이 어디서부터였는지 기억을 더

듣으며 이런저런 얘기들을 늘어놨다. 상담사는 노트북 화면에만 눈길을 둔 체 쉼 없이 키보드를 두드리다가 갑자기 내 말을 잘랐다.

"지금 다안 씨 얘기는 너무 중구난방이에요. 요약해서 간단하게 설명을 하세요."

나는 날카로운 상담사의 말투에 기가 죽어 무엇을 어떻게 말해야 할지 정신이 멍해졌다. 내가 말을 더듬거리며 횡설수설하자 상담사는 한숨을 쉬더니 또 내 말을 자르곤 얘기했다.

"말씀하시는 걸 들어보니 경제적으로 넉넉지 않으신 것 같은데, 저희는 1회 상담 비용이 매우 비싸요. 그걸 다안 씨가 감당할 수 없으실 것 같은데, 어떠신가요?"

문득 정신을 차려보니 내 방문 앞에 도착해 있었다. 힘겹게 문고리를 돌려 열고는 외투도 벗지 않은 채로 침대에 엎드려 누웠다. 베개에 얼굴을 처박고 비참한 기분으로 생각했다.

— 내 병은 영원히 고치지 못할 수도 있겠구나.

■ ■ ■

정신과에서 처방해준 약은 내게 아무런 도움이 되지 않았다. 임

시방편으로 청심환을 회의 직전 두 병씩 들이키거나, 위장약을 약국에서 구해다 먹어보기도 했으나 역시 소용없었다.

나는 회사에서 메인 프로젝트로 기획하고 있는 게임의 콘텐츠 에디터였는데, 론칭 날짜가 다가올수록 맡은 업무의 중요도가 높아졌고, 그만큼 나의 스트레스도 걷잡을 수 없이 커졌다.

프레젠테이션을 앞두고는 제발 교통사고라도 났으면 했다. 단순히 발표하는 게 떨려서가 아니라 그만큼 나를 긴장하게 하는 모든 순간이 견디기 힘든 고통이었다. 이겨내야 한다고 스스로 채찍질을 할수록 가슴 속 생채기에 소금을 뿌려대는 심정이라 처참하기만 했다.

하루는 점심을 먹다가 가깝게 지내던 회사 동료 한 명에게 정신적인 문제가 너무 심해 퇴사를 고민하고 있다고 용기 내어 고백했다.

"어떻게 올려놓은 연봉인데. 분명 후회할 거예요. 조금만 견뎌봐요. 괜찮아질 거예요."

동료는 아직 적응하는 단계라서 그렇다고 위로해주며 나를 붙잡았지만, 내가 겪고 있는 사회 공포증에 대해선 이해하기 힘들다고 했다. 그녀에게는 이 병이 그저 필요 이상으로 예민한 나의 배부른 투정으로 들리는 듯했다. 혹시 좋은 정신과를 알고 있냐는 내 질문에는 심적으로 불안한 여자 환자를 대상으로 몹쓸 짓 하는 정신과 의사 사건을 예로 들며, 병원에 가지 말고 차라리 요가 같은 걸 하며 마음 수양을 하는 편이 낫다고 했다.

대화가 전혀 통하지 않는다는 허망함과 함께 괜한 얘기를 꺼냈나 보다 하고 후회가 됐다. 그러나 내색하지 않고 고민을 들어줘서 정말 고맙다고 웃어 보였다. 그녀가 진심으로 나를 걱정하는 것을 느꼈고, 내게 한 모든 말에 악의가 없다는 것을 알아서였다.

자포자기한 심정으로 지내던 어느 날, 나는 밀린 업무를 내버려 두고 사무실을 나와 회사 앞 가로수길을 정처 없이 걸었다. 그리고 낯설게 느껴지던 그 거리에서 내가 심각하게 병들어 있음을 느꼈다. 정상적인 사고와 사회 생활을 하기 힘든 상태임을 인정할 수밖에 없었다. 무엇보다 너무나 지쳤다. 하루의 거의 모든 시간을 극심한 긴장 상태에서 보내야 한다는 것이란 말로는 설명하기 힘든 끔찍한 지옥이었다. 결국, 나는 얼마 못 가 스스로 회사를 그만뒀다.

나는 학교에 다니며 호프집을 비롯해 콜센터, 마트 시식 코너, 카페, 옷 가게 등 온갖 아르바이트를 쉬지 않고 했다. 그러면서도 반드시 학점 은행제 편입을 하겠다는 의지로 모든 과목의 성적을 A 이상으로 만들어 놓았다. 그러나 다 부질없는 짓이라는 걸 깨닫는 데에는 그리 오래 걸리지 않았다.

하루하루 생활비가 빠듯한 내가 그 비싼 등록금을 내고 몇 년을 더 공부한다는 것은 현실적으로 불가능했다. 2년의 학자금 대출로 난 이미 언제 갚을 수 있을지 모를 빚이 쌓여있는 상태였다. 매달 이자를 내는 것만 해도 벅찬 날들의 연속이었고, 내가 이곳을 졸업할 때쯤이면 집안 사정도 조금은 괜찮아져 있을 거라 믿었던 기대와 달리 엄마는 여전히 내 학비를 보태줄 돈이 한 푼도 없다고 했다.

편입을 위한 발판이라 생각하고 들어온 대학이었는데, 생활고에 떠밀려 나는 어이없게도 우리 과에서 가장 먼저 취업을 했다. 그나마 꿈에 가까워지려 택한 이름 없는 중소기업의 패션 잡지사였다. 100만 원 남짓한 월급을 받으면서도 나는 에디터로서 잡지에 글을 쓸 수 있는 이 직업에 감사하며 열정을 다해 다녔다. 능력도 없으면서 히스테리만 가득했던 편집장의 갖은 공격을 받고 화장실에서 수도 없이 울었지만, 그래도 잡지가 출간되면 가슴 한구석이 뿌듯했다.

당시에도 내가 사는 곳은 여전히 고시원이었다. 나는 그 끔찍한 고시원에서 4년을 꼬박 살았다. 그나마 취업을 한 뒤에는 창문이 있는 방으로 옮겨 조금은 쾌적한 생활을 할 수 있었다. 내 20대 초반의 시간들은 고시원과 직장을 오가는 데만 오롯이 쓰였다.

▪ ▪ ▪

일찍이 사회생활을 시작하니 여러 루트를 통해 다양한 나이대의 새로운 친구들이 생겼다. 누구와도 쉽게 친해지고 어느 집단에서나 스스럼없이 잘 어울리며 사교성 좋다는 말을 들었지만, 그건 나에 대해 아무것도 모르는 이들의 일방적인 평가였다. 나는 내 진짜 모습, 이를테면 가난, 가정불화, 우울증, 사회 공포증, 학벌 콤플렉스,

낮은 자존감, 쉽게 상처받는 예민함 등을 숨기고 또 숨기느라 철저히 가짜 얼굴을 하고 살았으니까.

그래도 내가 조금은 솔직해지고 편안해질 수 있는 친구들이 있었다. 초·중·고를 모두 같이 나온 동창 3명이었는데, 나의 진정한 친구들은 영원히, 오로지, 이 셋뿐이라는 생각을 강박처럼 여기면서 그 아이들에게 소속감과 안정감을 찾으려 무던히 애쓰곤 했다.

이 때문인지 학년이 올라가고, 학교를 졸업하면서 그 아이들이 새로운 친구들을 사귈 때마다 극심하게 우울해지기를 반복했다. 나는 여전히 그 아이들뿐인데, 내가 그들 세계의 자장권에서 점점 멀어져 가는 것이 나를 미치도록 두렵게 만들었다.

3명 중 특히 친했던 S에게는 연인에게 바랄 법한 관심과 애정을 갈구했다. S는 내가 초등학교 때부터 가정 폭력과 부모의 역할 부재 등으로 고통받고 있다는 사실을 자세히 알고 있던 유일한 아이였다. S는 화목한 가정에서 부족함 없이 애지중지 자란 외동딸이었기에 나의 결핍을 온전히 이해하지는 못했지만, 그래도 내 치부를 알고 있는 유일한 존재가 곁에 친구로서 남아있다는 사실 자체만으로 큰 위안이 됐다.

하지만 내가 대학 입시에 실패하고 박봉의 직장인이 되어 고시원에 살면서부터 우리 사이는 조금씩 틀어지기 시작했다. 다른 3명의 아이들이 나와 다르게 부모님이 주는 용돈을 받으며 캠퍼스 생활과 처음 사귄 남자 친구, 해외여행과 명품 등에 푹 빠져 있을 때, 나는 궁핍한 생활에 찌들어 매일 청춘을 좀먹고 있는 현실이 쓸쓸했다. 자격지심에 파묻힌 나는 아이들이 무심히 던지는 모든 행동과 말 하나하나에 크게 자극받으며 절망과 같은 아픔을 느꼈다.

배 전체를 가르는 큰 수술을 앞두고도 돌봐줄 가족 하나 없어 홀로 병실에 누워있을 때, 내가 S에게 너무 무섭다고 문자를 보냈으나 S는 상투적인 위로의 답장만 한 뒤 곧바로 자신의 SNS에 대학 동기들과 함께하는 신나는 술자리 사진을 업로드했던 일.

아이들이 분기별로 해외여행 계획을 세우며 들떠있을 때마다 나는 여행 갈 돈이 없어 빠지겠다고 말하면, "돈 얘기 지겹다. 야, 그럼 너는 배 타고 와! 우리 다 놀고 집에 올 때쯤 도착하겠다!"라는 말을 농담이랍시고 던지며 저희끼리 깔깔거리고 웃었던 일.

이런 사소하지만 비수가 되는 일들이 내 옹졸한 마음속에 쌓이고 쌓여 상처의 씨앗이 되었고, 나는 이 상처를 서툴고 삐뚤어진 방식으로 표현하며 친구들과 싸우는 일이 잦아졌다.

소설 《쇼코의 미소》에서 작가가 말했듯이, 어떤 연애는 우정 같고, 어떤 우정은 연애 같다. 힘들고 지쳐있는 나의 마음을 아이들이 진심으로 어루만져주길 바랐다. 자신의 행복을 조금 숨기고 내게 관심을 쏟아주길 원했다. 그 서운함을 퉁명스러운 말투와 행동으로 표현하면 후회하고 미안해하며 내 전부가 되어줄 줄 알았다. 나의 우울함을 안아줄 줄 알았다.

그러나 S를 비롯한 아이들은 서서히 나와의 연락을 끊었다. 20여 년간 나를 외로움 속에서 지탱시켜 주었던 위태로운 울타리는 그렇게 어느 순간 보잘것없이 허물어졌다.

내가 패션 잡지사를 퇴사하고 방송국 계약직 에디터로 이직을 했을 때쯤, S는 대학을 졸업한 지 1년이 채 되지 않았고, 단 한 번의 직장 생활도 없이 두 번째 사귄 남자 친구와 결혼하기로 했다는 소식을 건너 건너 듣게 되었다. 예식일은 우연히도 내 생일이었다.

S는 학창 시절 매년 챙겨주던 내 생일 날짜를 잊은 걸까. 결혼 날짜를 잡으며 내 생각을 한 번쯤 했을까. 나는 고등학생이던 S에게 네가 결혼할 때 웨딩드레스는 꼭 내가 만들어주겠다고 말했던 약속을 여전히 기억하고 있었다. S도 그것을 기억하고 있을지 궁금했다. 용기를 내어 근 2년 만에 S에게 먼저 문자 메시지를 보냈다. 떨리는 한편 기대감을 품은 채 물었다.

'우리 진짜 오랜만이지? 결혼 얘기 들었어. 정말 정말 축하해! 네가 벌써 신부가 된다니 정말 믿기지 않는다~! 나도 결혼식에 꼭 참석해서 축하해주고 싶은데 청첩장 보내줄 수 있어?'

그러나 한참 뒤에 돌아온 답장은 낯선 경계가 깔린 문체였다.

'미안한데 네가 내 결혼식에 오는 건 너무 부담스럽고 불편해. 연락도 앞으로는 안 했으면 좋겠어. 그래도 축하는 고마워. 나라면 절대 그렇게 못 했을 거야. 네가 더는 우울하지 않고 행복해지길 진심으로 바랄게.'

얼마 후 S의 카톡 프로필은 성대한 결혼식 사진으로 바뀌었다. 사진 속에는 S와 함께 친했던 친구들이 해맑게 손뼉을 치며 웃고 있었다. 내가 끔찍이 외로웠던 20대 초반의 그 시절에 조금만 성숙했더라면, 나이만 먹은 가짜 어른이 아니라 모든 것에 초연한 진짜 어른이었다면, 나도 저 자리에서 함께 웃고 있었을까?

아마도 그들의 우정에 내가 끝까지 섞일 수 없던 이유는 온전히 내 탓이겠지. 나는 S와 다른 2명의 연락처를 모두 지웠다.

■ ■ ■

주말마다 찾아간 서울 번화가의 클럽은 내 외로움을 상쇄시켜

주었다. 나를 모르는 낯선 인파에 둘러싸여 있으면 마음이 안정됐다. 수백 명과 살이 스치고, 이름 모를 담배 냄새가 머리카락에 배고, 시끄러운 음악이 귓가를 어지럽히면 어느 순간 외로움에서 자유로워졌다. 허락도 없이 내 몸을 주무르는 남자들의 손길을 가만히 기다리고 있었다.

"나랑 사귀자."

내 손을 잡고 클럽을 빠져나와 더러운 골목 안에서 키스하던 H는 순진한 웃음을 지으며 말했다. 나는 대답 대신 H를 끌어안았다. H는 내 볼을 쓰다듬다가 다시 키스했다. 쿰쿰한 담배 냄새와 달짝지근한 술 냄새가 뒤섞여 숨결에 스며들었다.

H는 다정했다. 나는 H의 따뜻한 품과 달콤한 말들에 내 몸과 마음을 빼앗기듯 모두 주었다. H를 사랑했다. 사랑한다는 것은 하나만 받아도 열을 주고 싶은 마음이라고 생각했다. 그가 나를 사랑해준다는 보장만 있으면 나는 무엇을 주어도 아깝지 않았다. H는 나를 사랑했다. 그가 그렇다고 말했으니 그런 줄 알았다. 우리는 사랑했다. 새벽녘 푸른빛 아래에서 서로의 맨몸을 맞대고 뒹굴다 보면 그게 분명한 진실이라고 믿게 되었다.

나보다 3살이 많은 H는 변변한 직업 없이 아버지가 운영하는 회사에서 가끔 서류 정리 일을 하며 지냈다. 어쩌다 받은 월급으로는 자신의 패션을 치장하는 데 전부 소비했다. 하고 싶은 것도, 되고 싶은 것도 없다면서, 자신과 달리 열심히 사는 내가 멋있다고 칭찬했다.

내 생일에는 돈이 없어 미안하다고 하며 선물 대신 키스를 해주었다. 내 돈으로 산 생크림 케이크에 초를 꽂아주는 H의 모습을 바라보면 그저 행복했다. H의 생일에는 그가 평소에 갖고 싶다고 말하던 명품 재킷을 선물해주었다. 궁핍한 생활비를 쪼개 사면서도 이걸 입고 좋아할 H를 생각하면 그렇게 뿌듯할 수 없었다. 그에 대한 헌신이 나를 빛나게 해주는 듯했다.

H는 언젠가부터 나와 만날 때 지갑을 가지고 오지 않았다. 모든 데이트 비용을 내가 내는 것은 자연스레 당연한 일이 되었다. 나는 그와 주말에 맛있는 음식을 먹기 위해 평일에는 모든 끼니를 라면으로 때웠다. 가끔 H가 고급 레스토랑에서 가족과 식사하는 사진을 찍어 보내줄 때면 서운한 감정이 들었지만, 절대로 티를 내지는 않았다.

나는 얼마 지나지 않아 그에게 '진짜' 여자 친구가 있다는 사실을 알게 되었다. 그녀와 함께한 시간은 4년이었으나, 나와 함께한 시간은 6개월이 채 되지 않았다. 그나마 함께한 6개월도 대부분의 시간을 그녀와 나눠 쓴 것이었다. 나는 모든 것을 이해할 수 있으니 그 여자만 정리해주면 좋겠다고 말했다. 사실 솔직한 마음은 나만 모르게 여전히 내가 '가짜'여도 상관없었는데, H는 단호히 헤어지자고 말했다. 나는 H에게 사랑한다고 말했다. H는 나를 사랑한 적이 없다고 말했다. 그가 그렇게 말했으니 믿어야 했다. 그는 나를 사랑한 적이 없고, 내가 그를 사랑하는 동안 그는 다른 여자를 사랑하는 중이었다는 것을 믿어야 했다. 나는 또다시 혼자가 되었다. 혼자가 된 내 모습은 볼품없었다.

우정도, 사랑도 실패한 나는 하염없이 무너져 내렸다. 아니 어쩌면, 처음부터 그것들은 우정이 아니고, 사랑이 아니었을 것이다. 미성숙한 내가 이 모든 이별의 원인이라고 생각했다. 외로움은 사람의 이성을 상실하게 만든다. 적어도 나에겐 그랬다. 외로움에는 면역이 생기지 않는다. 그저 겉으로 티 내지 않는 방법을 터득할 뿐이다. 나는 어느 순간 사람을 만날 때마다 그 방법을 열심히 훈련하고 있었다. 그리고 그게 진짜 어른이 되는 과정이라 믿었다.

살아야 하는 이유

다음날 회사를 가지 않아도 된다는 사실은 내게 큰 안도였다. 그러나 안도감보다 더 강력한 우울감이 한 번 번지자 산불처럼 걷잡을 수 없이 내 온몸을 장악했다. 당장 수입이 없어진다는 불안감도 우울에 큰 몫을 차지했다. 월세와 생활비는 숨만 쉬고 있어도 계속 나갈 테니, 뭔가 대책을 세우지 않으면 안 되었다.

하지만 불안한 마음과는 다르게 그 무엇도 다시 시작하고 싶지 않을 만큼 무기력했다. 아니, 이제 나는 그 어떤 것도 새롭게 시작할 수 없을 것만 같았다.

나는 회사를 그만둔 뒤로 '가면성 우울증'에 빠졌다. 셰어하우스 아이들과 있을 때는 퇴사의 홀가분한 기분을 표현하며 즐겁게 수다를 떨었지만, 방에 혼자 있을 때는 삶에 대한 회의감으로 거의 매일 눈물이 났다. 하메들과의 행복한 분위기는 잃기 싫었지만, 동시에 마음속 우울감은 어떤 식으로도 해소되지 않아 겉과 속의 온도가 다른 사람이 된 것이다.

여느 때처럼 아이들과 저녁을 같이 먹고, 거실의 안락의자에 앉아 이런저런 얘기를 하고 있을 때였다. 기억은 잘 나지 않지만, 얘기 중 죽음에 대한 화두가 올라왔고, 나는 문득 궁금해져 아이들에게 질문했다.

"너희들은 왜 살아?"

다들 말문이 막힌 상태로 쉽사리 대답하지 못했다. 태어났으니 사는 것은 당연한 건가? 태어난 것은 나의 선택이 아니었는데? 본인들도 왜 살고 있는지 이유도 모른 채 그냥 살아가고 있지 않은가. 나는 진심으로 내가, 그리고 우리가 죽지 않고 살아있어야만 하는 확고한 이유를 찾고 싶었다. 그러나 정답을 아는 이는 그 자리에 아무도 없는 듯했다.

"나는 누군가가 나를 고통 없이 죽여준다고 하면, 조금도 고민하지 않고 지금 당장 죽여 달라고 할 거야. 너희는?"

내 말은 진심이었다. 한 치의 거짓도 없었다. 그런 내 말에 아이들은 충격을 받은 듯했다. 그리고 하나같이 자신은 죽고 싶지 않다고 했다. 취업이 힘들고, 짝사랑이 힘들고, 직장 생활이 힘들지만 죽는 게 두렵고 사는 게 좋다고 말했다. 나는 하려던 말을 삼켰다.

— 사는 게 두렵지, 죽는 게 두려운가.

내가 비정상이고 이들이 정상인 건지, 내가 정상이고 이들이 비정상인 건지 판단이 서질 않았다.

하루는 은진이가 홀로 있는 E룸을 찾아갔다. 그냥 문득 누군가에게 목구멍까지 차오른 이 우울함을 토로하고 싶었다. 계속 멀쩡한 척을 하며 아이들을 대하다가는 죽을 것 같았다. 두서없이 시작한 이야기는 어느새 울음이 되어 쏟아졌다. 나는 당황하는 은진이를 앞에 두고 애처럼 엉엉 소리 내어 울었다. 은진이는 내 마음에 공감해주려 애쓰며 함께 울어줬다.

누군가에게 한껏 쏟아내면 후련해질 줄 알았는데, 울음이 잦아들자 갑자기 후회가 밀려왔다. 구태여 행복한 일상을 살아가고 있는 누군가에게 어두운 그늘을 번지게 할 필요는 없었는데. 나는 과거 우울한 내 모습에 지쳐 하루아침에 곁을 떠난 친구들이 떠올랐다. 그 아이들처럼 은진이도 나를 떠날 것만 같았다.

내 방으로 돌아온 나는 침대에 누워 은진에게 섣불리 우울한 속내를 털어놓은 일에 대해 자책했다. 그때 노크 소리와 함께 은진이가 편의점에서 먹을 것을 잔뜩 사서 들어왔다.

"핑크색을 보면 기분이 좋아질 거예요."

분홍색 젤리와 음료, 과자, 빵 등이 은진이의 손에 들려있었다. 그리고는 곱게 접은 편지도 함께 건넸다. 편지에는 그래도 나는 언니가 죽지 않고, 내 옆에 오래 있어 주면 좋겠다는 글이 예쁜 글씨로 쓰여 있었다.

은진이의 진심 어린 편지가 고맙고 미안했다. 미안한 기분이 들었던 것은 그 편지를 읽고도 여전히 나는 죽고 싶었기 때문이다. 대체 나는 왜 살아야 할까. 타인을 위해 살아야 한다면 그건 온전한 내 목숨이 아닌 건데. 나는 은진이의 편지를 몇 번이고 읽고, 또 읽었다.

■ ■ ■

입주한 지 6개월이 되었을 무렵 A룸의 혜리, C룸의 희정이, 그리고 E룸의 은진이가 각자의 사정으로 1년의 계약 기간을 다 채우지 못하고 셰어하우스를 떠났다.

혜리는 종종 나에게 자신이 앞으로 무엇을 해야 할지 아무리 생각해도 모르겠다고 했다. 나는 뮤지컬을 전공하고 연기학원에 다니는 혜리가 당연히 배우가 되고 싶어 한다고 생각했다. 하지만 혜리는 아니라고 했다. 자신이 잘하는 것과 좋아하는 것은 다르고, 이제는 좋아하는 것도 확실치 않다고 했다. 여기서 축내고 있는 시간이 무의미하다고 덧붙였다. 무의미한 시간에 돈을 쓰고 있는 것이 부모님께 미안하다며, 아무런 계획 없이 다시 집으로 돌아갔다.

희정이는 처음엔 복학을 위해 나간 것으로 알았으나, 실은 매니저로부터 퇴실 요청을 받고 쫓겨난 것이었다. 언제부터인가 셰어하우스에 개미들이 들끓어서 본거지를 추적하다 희정이 침대 밑을 보게 되었는데, 체리나 포도 씨앗 등이 잔뜩 쌓여있어 우리를 경악하게 한 일이 기억났다. 나는 분명 하메 중 누군가가 이를 매니저에게 일러 퇴실당했을 것이라 확신했다.

은진이는 남자 친구와 갑작스럽게 결혼을 하게 되어 셰어하우스를 나갔다. 내년 안에 결혼하기로 계획하던 중이었으나, 시부모님이 점을 보러 간 곳에서 3개월 안에 결혼해야 잘 산다고 말하는 통에 급하게 날짜를 잡았다고 했다. 나는 은진이의 결혼을 마냥 축하해주진 못했다. 하메 중 가장 많이 의지했던 은진이가 나가니 셰어하우스는 공허하기만 했다. 이후로 한두 달씩만 머무는 단기 거주자들이 계속 들어오고 나가면서 예전처럼 가족 같던 분위기는 사라졌다.

셰어하우스 매니저는 언제부턴가 새로운 입주자가 계약하러 올 때 본인이 아닌 자신의 어머니나 남편을 보냈다. 낯선 외부인과 남자가 셰어하우스를 멋대로 들락거리는 것은 꽤 불쾌하고 불편한 일이었다. 다른 아이들처럼 직장이나 학교에 가지 않고 온종일 집에 있던 나는 신경이 더욱 쓰일 수밖에 없었다. 내가 가장 거슬렸던 것은 매니저의 어머니가 계약을 위해 셰어하우스에 방문해서는 당연한 듯 아무도 없는 방들을 들어가 살펴보는 행동이었다.

아니나 다를까, 얼마 가지 않아 셰어하우스에는 입주 이래로 처음 도난사건이 생겼다. A룸 소연이의 노트북이 사라진 것이다. 나는 자연스레 매니저의 어머니를 의심했는데, 증거가 없었으므로 그저 매니저에게 밉보이는 행동만 하게 되었다. 오피스텔 CCTV도 돌려보며 범인의 행방을 알아보려 노력했으나 노트북은 결국 찾지 못했다. 소연이는 하메 전부를 의심했고, 특히 노트북이 없어졌을 때 집에 있던 게 나뿐이었다는 이유로 나에게 노골적으로 거리를 뒀다.

억울한 마음이 들었으나 이를 해명할 방법이 없었다. 그렇게 매일 밤 내 방에 찾아와 좋아하는 오빠 얘기를 늘어놓던 소연이는 이후로 내 근처에 얼씬도 하지 않았다.

도난사건을 계기로 셰어하우스 운영에 소홀한 매니저에 대한 불만이 쏟아지면서 우리는 언제부터인가 입주자와 매니저 간의 대

립 관계를 형성했다. 단톡방에는 더 이상 전처럼 함께 밥을 먹는 사진이나 생일 축하한다는 메시지같이 상냥한 이야기가 올라오지 않았다. 대신 매니저를 향한 날 선 건의나 규칙을 위반하는 하메를 공격적으로 지적하는 글들로 가득 찼다. 사소한 일에도 서로 감정적으로 대하다 말싸움이 생기는 경우가 잦았다.

셰어하우스의 분위기가 안 좋으니 억지로라도 웃을 일이 사라졌다. 예전처럼 누가 먼저 선뜻 야식을 먹자고 하거나 방에 찾아와 실없는 수다를 떠는 일도 없었다. 굳게 닫힌 여러 개의 방문 사이로 흐르는 적막 안에는 서로에 대한 불신과 경계가 스멀스멀 돌아다녔다. 그렇게 아무에게도 방해받지 않는 혼자만의 공간에서 내가 조금씩 조금씩 죽어가고 있음을 느꼈다.

나는 퇴사 후 수입이 없어지자 월세를 절약하기 위해 은진이가 나간 2인실의 빈자리로 방을 옮겼다. 셰어하우스의 가장 비싼 방에서 가장 싼 방으로 이동한 것이다. 때마침 E룸의 세영이가 다리를 다치는 바람에 본가에서 몇 달간 요양하고 있어, 얼떨결에 E룸은 나 혼자 사용하게 됐다. 잠깐이긴 해도 전보다 훨씬 저렴한 가격에 독방을 쓰게 된 셈이었다.

며칠 동안은 다시 일자리를 구해보기도 했지만, 이력서조차 열람하지 않는 곳이 태반이었다. 예전이었다면 서류 전형 정도는 가볍게 통과할 법한 회사도 웬일인지 그때는 감감무소식이었다. 마치 내가 세상으로부터 고립되도록 하늘이 도와주는 듯했다. 삶에 대한 적극성이 없던 나는 오히려 잘 됐다는 듯 기꺼이 그 도움을 받아들였다. 쓸모없는 잉여인간이 되는 건 어쩌면 내 인생의 순리 같았다. 아침에 출근할 일이 없자 내 생활은 낮과 밤의 경계가 사라진 채 허공에 붕 떠 있는 듯했다. 어떨 때는 시체처럼 해가 뜰 때부터 질 때까지 그 자리에 그대로 누워 천장만 보기도 했다.

무기력증이 신체를 잡아먹는 것은 한순간이었다. 정신만 살아있는 식물인간이 된 기분이었다. 나는 그때마다 내 정신을 믹서기에 넣고 고운 가루로 만들고 싶다는 생각을 자주 했다. 한 손으로 꼭 쥐어도 손가락 사이로 금세 빠져나가 버릴 만큼 곱디곱게 갈아버리고 싶었다. 조금의 무게도 없는 가루는 어느새 공기 중으로 속절없이 사라지고, 나는 그렇게 세상에서 단 한 순간도 존재한 적이 없던 것처럼 영원히 죽고 싶었다.

잠이 들면 언제나 내 몸을 칼로 잔인하게 난도질하는 꿈을 꿨다. 누구든 좋으니, 아니 나 스스로라도 어서, 이 거추장스러운 몸뚱이를 처참하게 찔러 죽여주길 원했다. 꿈에서 깨어나면 내가 피를 뒤

집어쓰고 죽어있는 잔상이 천장에 맺혔다.

죽고 싶었던 적은 내 인생에서 정말 많았다. 아빠에게 하루가 멀다 하고 맞았을 때, 엄마에게 인간 취급도 못 받는 폭언을 들었을 때, 진심으로 믿었던 친구들이 등을 돌렸을 때, 열렬히 사랑했던 애인이 나를 버렸을 때, 컴컴한 고시원에 누워있을 때, 새벽녘 추운 공기 속을 혼자 걸을 때, 가을바람이 불어올 때, 여름의 태양이 뜨거울 때…. 나는 너무나 자주 불쑥불쑥 죽고 싶다는 생각을 했지만, 이때처럼 간절히 죽음을 염원한 적은 없었다. 이건 진실로 내가 죽어야 한다고 말하는 신경계의 신호였다.

인터넷에 자살 방법을 검색했다. 당신은 소중한 사람이라는 메시지와 자살 예방 상담 전화 같은 내용만 나왔다. 자살하는 방법을 모르는 건 아니지만, 가장 확실하고 최대한 고통 없이 죽는 방법을 찾고 싶었다. 나는 잠시 생각하다가 SNS에 '동반 자살'을 검색해봤다.

영원한 결핍

가족들과 떨어져 혼자 살면서 엄마와 동생과는 간간이 연락했지만, 아빠와는 의절하다시피 관계를 끊었다. 아빠에게는 아무리 시간이 흘러도 지워지지 않는 분노와 원망이 남아있었다. 나는 20대 중반이 될 때까지 아빠를 아빠라 부르지 않고 '그 사람'이라고 불렀다.

광주에 함께 내려갔던 아빠는 얼마 뒤 홀로 인천에 다시 돌아왔다고 했다. 연고도 없는 곳에서 시간을 축내고 있을 바엔 혼자 올라와 직장을 찾아보기로 했다는 얘기를 엄마에게 들었다. 어쨌거나 이제 나와는 상관없는 사람의 근황은 듣고 싶지 않았다.

어느 날 엄마에게서 문자 한 통이 왔다. 아빠가 대장암에 걸렸다고 했다. 부천의 어느 병원에 입원해 있으니 가깝게 사는 나보고 가보라 했다. 나는 암이라는 단어를 보고도 크게 마음이 동요하지 않왔다. 절대 보러 가지 않을 테니 다시는 나에게 그런 얘기하지 말라고 엄마에게 엄포를 놓았다.

아빠는 수술을 앞두고 보호자가 필요하자 엄마에게 연락을 한 것이었다. 그렇게 서로 죽일 듯 미워하면서도 아빠는 결국 보호자로 부를 사람이 엄마뿐이었다. 내가 더 놀라웠던 건, 아빠의 연락에 엄마는 열 일을 제쳐두고 기꺼이 광주에서 올라왔다는 사실이었다.

엄마는 아빠가 나를 보고 싶어 한다며, 자신이 이렇게 부탁하니 제발 수술 전에 병원에 와달라고 애원했다. 엄마는 내가 아빠를 증오하게 된 게 자신의 탓이라 여겼고, 아픈 아빠를 보며 그 사실에 죄책감을 느끼는 듯했다. 그러나 그것은 어디까지나 자신의 부채감을 덜고자 하는 이기적인 엄마의 사정이었다. 나는 암에 걸린 아빠에게 타인에게도 느낄 법한 일말의 동정심도 생기지 않았다.

해가 진 깜깜한 겨울밤이었다. 나는 모두가 잠든 6인용 병실 문 앞으로 몰래 찾아갔다. 엄마의 성화에 마지못해 간 것이지만, 눈을 맞추고 아빠를 똑바로 바라볼 자신은 없었기 때문이다. 그리고 암에 걸린 게 거짓이 아닌 진짜인지도 멀리서나마 직접 확인하고 싶었다.

병실 문은 반쯤 열려 있었다. 문 바로 앞쪽에 있는 간이침대에 동생이 누워있었다. 나는 조용히 문을 마저 열어 봤다. 동생 옆에 송장 같은 모습의 아빠가 병원복을 입은 채 눈을 감고 있었다. 밀어버린 머리에는 짧고 하얀 머리카락이 듬성듬성 올라와 있었고, 팔과 다리는 볼품없이 앙상했다. 그렇게 소리 지르고 때리던 폭군은 온데간데없고, 그저 병들고 나약한 노인의 행색이었다. 몇 년 만에 처음 본 아빠의 모습에 난 화가 났다. 내 유년을 망친 인간인데. 나의 초라한 인생은 모두 이 사람 때문인데. 이렇게 형편없는 모습으로 누워있으면 더 이상 미워하기도 어렵지 않은가. 나는 화가 나서 눈물이 났다. 그렇게 병원 벽에 기대서 한참을 혼자 숨죽여 울었다.

몇 년 뒤, 아빠의 암은 폐로 전이되었다. 대장암이 완치되지 않고 폐까지 번진 것이다. 기약 없는 오랜 항암 치료에 들어가야 했다. 그만한 돈이 없었던 우리는 기초생활수급자와 비슷하거나 조금 나은 수준을 뜻하는 차상위계층 신청을 해서 치료비 지원을 받았다.

몇 달 동안 아빠는 병원 입원과 퇴원을 반복했다. 그때마다 엄마나 나, 동생이 번갈아 가며 자리를 지켰는데, 동생은 기껏 병실에 와서 이불을 뒤집어쓰고 자거나 하루 종일 휴대폰 게임만 하다 가는 게 전부였다. 아빠는 그런 모습에 화가 났으나 전처럼 성질을 낼 여력도 없는 듯했다. 동생은 아빠 속도 모르고 교대를 하러 온 내게 여기 간호사들이 엄청 예쁘다며 히죽거릴 만큼 철이 없고 한심했다.

동생이 광주에서 대학을 졸업하자, 엄마는 학원을 정리하고 곧장 아빠가 혼자 살고 있던 인천의 10평 남짓한 임대 아파트로 들어와 살림을 합쳤다. 가까이서 아빠의 항암 치료를 돕기 위해서였다. 그러나 그 마음이 무색하게 세 명은 좁은 집 안에서 거의 매일 싸움판을 벌였다. 쇠약해진 아빠는 전처럼 동생이나 엄마를 때리진 못했지만, 머리가 커버린 동생이 생각 없이 대드는 일이 잦아지자 매번 쌍욕을 남발하며 언성을 높였다.

나는 그때 넉넉하진 않아도 내 앞가림은 할 수 있도록 돈을 벌며 오랜 고시원 생활을 청산하고 드디어 첫 자취방을 마련해 살고 있었다. 그 꼴을 보지 않고 따로 떨어져 살고 있음에 감사했지만, 마냥 모른 척만 할 수도 없어 속이 타들어갔다.

한 번은 엄마가 아빠와 도저히 못 살겠다면서 짐을 싸들고 내 자취방에 찾아왔다. 그리고는 집에 두고 온 봉봉이가 보고 싶다며, 나보고 어서 데려오라고 애처럼 떼를 쓰며 울었다. 나는 그런 엄마의 모습에 기가 차서 세상만사가 지긋지긋해졌다.

아빠는 일을 못 하고 엄마와 동생은 백수이니, 직장에 다니는 내가 생활비를 보태야 했다. 그러나 코딱지만 한 월급으로는 내 생활비와 부모님 집의 생활비를 이중으로 감당할 수 없었다. 나 역시 살림을 합쳐야 할 듯했지만 방이 한 칸뿐인 인천 집에 내가 들어갈 자리는 없었다.

결국 동생은 고시원 비를 대주는 조건으로 따로 살게 했고, 내가 그 좁은 집에 들어가게 됐다. 나의 첫 자취 생활은 2년이 채 되지 않아 끝나고 말았다.

아빠는 길어지는 항암 치료를 버거워하고 있었다. 독한 약 때문에 새벽마다 구토를 했고, 엄마는 아빠가 구토를 할 때마다 손을 벌벌 떨며 어쩔 줄 몰라했다. 엄마는 항상 아빠와 못 살겠다고 노래를 부르면서도 행여나 아빠가 죽을까 봐 두려워했다.

문득 어린 날에 엄마에게 왜 아빠와 이혼하지 않냐고 물었던 기억이 났다. 엄마는 우리를 위해 참고 사는 거라고 했다. 나는 이해가 가지 않았다. 매일 싸우는 모습을 보여주며 내 유년을 고통과 공포의 기억으로만 가득 차게 만들어놓고, 대체 무엇이 우리를 위해서라는 것인가. 나는 엄마의 말에 그 선택은 절대 우리를 위한 게 아니었으며, 엄마와 아빠가 이혼하지 않아 내 인생이 훨씬 더 불행해졌다고 말했다. 엄마는 그건 자신의 희생을 기만하는 말이라며 화를 냈다. 희생. 엄마는 자신이 희생했다 믿고 있었다.

그러나 20대 후반이 되어 아빠가 세상에서 없어질까 두려워하는 엄마의 모습을 보니, 그때 엄마가 말했던 이혼하지 못한 이유는 거짓이라는 걸 깨달았다. 엄마는 혼자가 될 자신이 없던 것이다. 나만큼이나 유약하고 의존적이었던 엄마는, 아이 둘 가진 이혼녀가 되기가 무서웠을 것이다. 사람들의 시선, 부모님과 형제들의 시선. 내가 아는 엄마는 그 모든 것을 감내할 용기가 없는 사람이었다.

그것은 사랑에 대한 내용이라기보다 자존감에 대한 내용이다. 엄마에겐 죽이고 싶을 만큼 밉더라도 남편이라는 존재가 있어야 했고, 다 쓰러진 울타리일지라도 가정이라는 공간이 있어야 마음이 놓였을 테니까. 엄마가 말한 희생은 결국 자신을 위한 방어였다. 그리고 그 방어는 자식의 인생을 무너뜨린 패착이 되었다.

'인간은 행복조차 배워야 하는 짐승'이라고 니체가 말했던가. 아빠와 엄마는 내게 원치도 않는 삶을 쥐여주고 행복을 배울 시간조차 빼앗았다. 나는 제대로 행복을 배우지 못했기에 내 자식에게도 행복을 가르쳐줄 수 없다. 그래서 언제나 생각했다. 이기적이고 무책임한 엄마가 되지 않기 위해 절대 자식을 낳지 않겠다고. 결핍은 결핍을 낳는다. 나는 결핍된 인간이기에 영원히 채우지 못하고 결핍으로 남아야 한다.

■ ■ ■

인천 집에 들어오면서 나는 대기업 산하의 쇼핑 플랫폼 에디터로 이직했다. 여전히 계약직이라 월급은 전과 다름없이 쥐꼬리만 했으나, 엄마에겐 주변 사람들에게 내 딸이 여기에 다닌다고 자랑할 만한 회사였다.

나는 거기서 인정받아 정직원이 되기 위해 열과 성을 다해 일했다. 숱한 회의 시간마다 어김없이 복통의 공포는 찾아왔지만, 정신력과 오기 하나로 버텼다. 매일 사회 공포증의 불안을 안고서 업무까지 집착에 가깝게 완벽을 추구하다 보니 퇴근할 땐 진이 빠져 눈물이 다 났다.

나와 같은 계약직들은 다들 받은 만큼만 일하면 된다는 주의였다. 욕먹지 않을 만큼 적당히 일하고, 폐가 되지 않는 선에서 언제나 '칼퇴'를 했다. 그러나 나는 그런 요령을 부릴 줄 몰랐다. 정직원과 동일한 업무를 하면서도 월급은 배 이상 차이 나는 것이 억울해 어떻게든 상사의 눈에 띄고 싶었다. 나는 급기야 회사에서 거의 숙식하다시피 매일 밤샘 근무를 했다. 일이 특별히 많거나 누가 시켜서가 아니라, 오로지 내 욕심 때문이었다.

콘텐츠 에디터로서 가장 큰 성과물은 트래픽이었다. 트래픽은 내가 기획한 콘텐츠를 통해 얼마나 많은 사람이 유입되었는지를 확인시켜 주는 수치를 뜻했다. 내가 매일 철야를 해가며 기획한 콘텐츠들은 신생 플랫폼의 트래픽을 상당량 끌어올려 고무적인 성과를 냈고, 직속 사수에게도 그 능력을 인정받았다. 그러나 그뿐이었다. 직책이 높은 상사들이 참여하는 월간 회의에는 계약직들이 들어갈 수 없었고, 내가 이뤄낸 업적들은 사수의 업적이 되었다. 나는 그저 존재감 없는 회사의 소모품으로 이용되고 있었다.

내가 바란 건 오직 하나, 그저 이 지긋지긋한 가난에서 벗어나는 것이었다. 엄마에게 생활비를 주고도 여유로운 여가 생활을 누릴 수 있는 경제적, 정서적 안정을 얻고 싶었다. 그런데 노력이 부족했던 것일까. 아무리 발버둥 쳐도 여전히 나는 가난의 한가운데, 다시 제자리였다.

엄마는 아빠가 아프면서부터 나에게 모든 걸 의존했다. 내 월급날만 기다리고 있다가 생활비 입금이 하루라도 늦어지면 온갖 신경질을 내며 독촉했다. 경제적인 도움뿐 아니라 착한 딸로서의 역할도 요구했다. 주말이면 부모님을 모시고 맛있는 식사를 대접하고, 때마다 좋아하는 가수의 콘서트도 보내주고, 밀린 집안일도 대신 다 해놓고, 마지막에는 엄마 어깨를 주무르며 사랑한다고 말하는 그런 완벽한 딸을 원했다.

하지만 나는 그런 딸이 될 수 없었다. 심신을 혹사시키며 받은 소박한 월급은 언제나 밑 빠진 독에 물 붓듯 생활비로 사라졌고, 나이는 먹어가는데 손에 쥔 여윳돈 한 푼 없는 내 처지가 서러웠다. 이런 꼴로 영영 살아야 할까 봐 눈앞이 캄캄했다.

아빠는 인터넷으로 쇼핑을 할 수 있다는 사실조차 믿지 않는, 세상 물정이라고는 전혀 모르는 고리타분한 사람이었기에 내가 나름 자부심을 품고 다니던 직장을 수시로 폄훼했다.

"그딴 이름도 못 들어본 하찮은 데 그만 다니고 공기업에 들어가란 말이야!"라고 자주 역정을 냈고, TV를 보며 드러누워서는 "나는 언제쯤 자식이 호강시켜주나", "너는 언제 돈 벌어서 부모 해외여행 보내주고 집 사주고 할 거냐" 같은 말을 던지며 속을 뒤집어놨다.

아빠는 그때마다 "내가 얼른 성공해서 우리 아빠, 엄마 호강시켜줄게!" 같은 말을 듣고 싶었는지 모른다. 하지만 나는 천하의 나쁜 딸이었기에 '여태 가장으로서 해준 건 아무것도 없으면서. 암 걸린 게 유세도 아니고. 양심도 없네'라는 생각만 속으로 삼킬 뿐이었다.

무엇보다 3년째 백수로 지내며 고시원에서 내 월급을 축내고 있는 동생이 미웠다. 그리고 그보다 더 미웠던 건 세월이 지나도 여전히 동생 편만 드는 엄마의 태도였다.

우리 집 사정이 이러한데 동생은 대체 왜 취직을 안 하고 있냐. 대단한 곳에 들어갈 계획도 없으면서 아르바이트라도 해서 생활비를 보태야 하는 것 아니냐고 말하면 엄마는 그때마다 눈을 부라리며 화를 냈다. 취직 안 되는 동생 속이 얼마나 상할지 이해도 못 해주는 나쁜 년이라며, 어쩜 그리 이기적이고 못됐는지 너만 보면 없던 정도 다 떨어진다고, 가족한테 주는 돈이 그리 아깝냐고 폭언을 퍼부었다.

그것도 모자라 엄마는 나의 작은 행동에도 필요 이상의 피해의식을 드러냈다. 내가 아침에 정신없이 출근하느라 방이 어지럽혀 있으면 '지금 돈 번다고 유세 떨면서 나 식모 취급하는 거냐'는 문자 메시지를 직장에 있는 나에게 꼭 보내야만 직성이 풀리는 식이었다. 나는 그렇게 언제나 엄마에게 나쁜 딸이었다. 엄마가 나를 미워하면 할수록 내 가슴속 설움도 들끓었다. 그 사실을 인정하기 싫어 엄마가 나를 때리고 욕할 때마다 발악하고 대들었다.

"계집애가 좀 순해 봐라, 이 못된 년아! 독해 가지고… 너는 어떻게 매사가 다 불만이냐?"

엄마는 대드는 나에게 항상 같은 말을 되풀이했다. 나는 분명 유약하고 병든 인간이었는데, 가족에게는 언제나 드세고 이기적인 인간이 되는 게 슬펐다. 매번 경멸하듯 노려보는 엄마의 눈빛이 나를 외롭게 했다.

집에서의 생활이 괴로울수록 일에 더 집착하고 매달렸다. 왕복 4시간이 걸리는 출·퇴근 시간에도 메모장에 아이디어를 기록하며 일을 했다. 그렇게 버스에서, 지하철에서 보상 없는 내 열정을 쏟아내며 하루를 버텼다.

회사에는 밤 11시가 넘어서까지 일하면 무료로 택시를 이용할 수 있는 규정이 있었다. 나는 거의 매일 택시를 이용했다. 택시를 타고 새벽 2~3시쯤 집 근처에 도착하면 외로운 새벽 공기 속에서 집에 들어가기를 한참 동안 머뭇거렸다. 호프집 알바를 끝내고 아파트 단지를 맴돌던 스무 살의 내 모습과 같았다. 10년이 지났는데도 나는 여전히 초라한 스무 살, 그때 그 모습 그대로였다.

몸과 마음이 너무나 지쳐 그저 죽고만 싶은 나날들이었지만 그래도 살아야 했다. 가눌 길 없는 패닉 상태의 심신을 정비하려면 이 숨 막히는 공간을 떠나야 했다. 나를 힘들게 하는 모든 것을 버리고, 그렇게 집을 영영 나왔다.

나는 곧 새로운 집, 새로운 직장, 새로운 친구들이 생겼다. 이제 나는 행복해질 수 있을 것이라 믿었다. 아니, 반드시 행복해져야만 했다.

자살
계획

SNS에 '동반 자살'을 검색하자 나온 계정은 꽤 여럿이었다. 많은 사람이 '장난 사절', '진짜로 죽을 사람만' 같은 글로 자신의 자살 계획이 진심임을 어필했다. 나는 그 와중에도 불신이 생겨 섣불리 아무 계정에다가 메시지를 보내진 않았다.

혼자 죽는 것이 아닌 동반 자살을 생각하게 된 것은 오로지 '확실하게' 죽고 싶어서였다. 내가 서툰 방법으로 자살을 시도했다가, 불구가 되어 다시 깨어나거나 식물인간이 되는 경우가 가장 최악의 시나리오였기 때문이다. 확실한 자살 방법을 구체적으로 계획할 수 있게 도와줄 사람이 필요했고, 행여나 죽음의 순간에 공포심이 생겨 포기하지 않도록, 곁에서 마음을 다잡아주며 반드시 자살을 추진시켜 줄 또 다른 누군가가 필요했다.

더불어 나 혼자만의 결정이 아니라 타인과의 약속이 되면 책임감과 도의감이 생겨 억지로라도 끝을 맺을 수 있을 것 같았다. 자살에 '도의'라는 말이 어울리는진 모르겠지만, 그때의 내겐 그것이야말로 진짜 도의였다.

한참 동안 스크롤을 내렸다 올렸다를 반복하다가 가장 담백하게 글을 써놓은 계정에 메시지를 보냈다. 곧바로 답장이 왔다. 내가 나이와 성별을 말하자 상대는 18살의 여고생이라고 회신했다. 고등학생이라니, 너무 어린 나이라는 인식이 든 순간 죄책감이 들었다. 어른으로서 학생에게 몹쓸 짓을 시키는 느낌이었다.

'나이가 많이 어리네요.'

내 말에 상대는 '문제가 되나요?'라고 되물었다. 생각해보면 자살에 나이는 중요한 게 아니었다. 나는 초등학생일 때도, 중학생일 때도, 고등학생일 때도 간절히 죽고 싶었으니까. 숱하게 옥상을 올라가던 10대 시절의 내 모습이 떠올랐다.

아이는 내가 여자이고 언니여서 더욱 좋다고 했다. 행여나 이상한 남자들이 불순한 목적으로 연락을 해올까 봐 걱정되고 무서웠다고 했다. 바보 같은 아이는 내 말이 거짓일 수도 있다는 생각은 전혀 하지 않는 듯했다. 나는 이 아이에게 맨 처음 연락한 게 다른 사람이 아닌 나라서 다행이라고 여겼다.

우리는 매우 적은 양의 대화로도 금세 친해졌다. 서로가 버릇처럼 말하는 죽음에 대한 욕망이 짧은 시간 동안에도 우리를 강하게 결속시켜 주었다. 그러면서도 한편으로는 현실감이 잘 들지 않았다. 열심히 세운 계획들이 무색하게 상대가 어느 날 신기루처럼 사라져 버릴 것 같았고, 그러면 난 흐지부지 다시 인생을 살아가고 있을 것 같아 불안했다. 그런데 예상치 못한 사람이 나의 자살 계획에 폭발적인 힘을 실어줬다.

내가 옮겼던 E룸이 가장 저렴한 방이었던 이유는 비좁은 크기와 더불어 에어컨이 없기 때문이었다. 모두가 입주하던 겨울에는 에어컨의 중요성을 못 느끼다가, 그때쯤 찾아온 끔찍한 더위를 마주하니 에어컨 없이는 한순간도 방에 있기 힘들었다.

기록적인 폭염이 계속되자 매니저는 월세를 올려 받는 조건으로 창문형 에어컨을 설치해주겠다고 말했다. 이를 허락하자 얼마 뒤 매니저의 남편이 에어컨을 설치하러 불시에 E룸을 방문했다. 당시 막 씻고 나와 샤워가운 차림이었던 나는 당황하며 화장품 등을 챙겨 내가 원래 살던 바로 옆 D룸에 잠시 들어갔다.

아직 입주자가 들어오지 않은 빈방이라 매니저의 남편이 있는 동안 여기서 옷을 갈아입고 화장품도 바르면 될 것 같았다. 금방 끝날 것 같던 에어컨 설치는 생각보다 시간이 오래 걸렸고, 계속 빈방에 있기도 그래서 근처 카페에 가기 위해 노트북을 챙겨 밖으로 나왔다. 그런데 깜박하고 D룸에 내 화장품을 두고 온 것이 문제였다. 얼마 뒤 에어컨 설치 확인 차 들린 매니저가 그것을 보고 내가 그동안 더위 때문에 에어컨이 있는 D룸에서 몰래 지낸 것으로 오해를 했다.

매니저는 불쾌함을 표시하며 E룸보다 훨씬 비싼 빈방을 무단으로 이용한 것에 대해 단톡 방에서 공개적으로 지적했다. 이번이 처음이었고 불가피하게 들어가게 된 것이라 해명했지만 매니저는 믿지 않는 눈치였다. 매니저의 야멸찬 말투가 그 순간 왜 그렇게 서럽던지, 카페로 가는 거리에서 갑자기 눈물이 터졌다. 평소 같으면 기분만 조금 상하고 넘겼을 일인데, 한창 자살 계획으로 불붙어 있던 내 마음에 기름을 들이붓는 것 같았다.

왜 하필 그게 자살을 향한 강력한 도화선이 되었는지는 지금도 모를 일이다. 그냥 그때의 내 심정이 그러했고, 마음속에 응어리져 있던 죽음을 향한 갈구가 순식간에 용솟음쳤다.

나는 카페에 도착해 커피를 주문하고 앉았다. 인터넷으로 아르바이트 자리나 알아보려 가져온 노트북이었는데, 메모장을 열고 충동적으로 유서를 작성하기 시작했다. 길고 긴 유서가 빈 화면을 가득 채워가는 동안 카페의 창 바깥도 어둠으로 가득 찼다.

▪ ▪ ▪

18살 소녀와 내가 택한 동반 자살 방법은 연탄가스를 이용한 질식사였다. 일정 기간 방해받지 않고 타인에게 쉽게 발견되지 않을 수 있는 공간을 생각하다 독채로 지어진 에어비앤비 숙소를 장소로 정했다. 번개탄과 갈탄을 섞으면 유독가스가 강력해 확실히 죽을 수 있다는 글을 보고, 나는 마트에서 갈탄과 번개탄을 하나씩 구입했다. 창문을 완벽하게 밀봉할 청테이프도 여러 개 준비했다.

마지막 준비물은 수면제였다. 우리가 이 자살 방법을 선택한 것은 고통 없이 죽기 위한 게 컸으므로 수면제가 반드시 필요했다. 약국에서 파는 수면 유도제는 효과가 약해 정신과에서 직접 처방받은 수면제를 구해야 했다. 한 곳에서 일주일 치 이상 처방을 해주지 않기 때문에 나는 정신과를 다섯 군데 넘게 돌아다니며 수면제를 모았다. 잠이 오지 않아 죽을 것 같다고 말하며 최대한 강력한 수면제를 달라고 호소했다.

같이 죽기로 한 상대가 학생이었기 때문에 숙소 예약부터 약을 구하는 일까지 모두 내 돈으로 해결했다. 전라남도 여수에 산다는 그 여고생은 매번 보탬이 되지 못해 미안하다고 말하며, 죽기 위해 고속버스를 타고 내가 있는 서울까지 오겠다고 했다.

누군가에게 의지해 계획을 세우려고 동반 자살을 택한 것이었는데, 어쩌다 보니 내가 모든 것을 리드하고 있었다. 아이는 수동적이었으나 항상 강조하는 말이 있었다. 자살에 반드시 성공해야 한다는 것. 나 역시 그것이 가장 중요했다. 혹시나 실패할 만한 요소들은 아주 작은 것까지 놓치지 않고 방어를 해두었다.

나는 그 아이와 자살 계획을 세우며 점점 안정을 찾았다. 죽는 것을 실행에 옮길 수 있게 됐다는 희망이 우울감과 불안감을 해소해 주었다. 밥도 잘 먹고 잠도 잘 자며 우리가 약속한 그날이 빨리 오기만을 기다렸다.

"언니는 유서 가지고 가실 거예요?"

죽기로 한 날을 하루 남기고 그 아이가 내게 물었다. 나는 매우 정성스럽게 유서를 작성했었다. 자살이라는 선택을 할 수밖에 없던 나의 고통들을 낱낱이 써두었다. 내가 죽은 뒤에 타인으로부터 섣부른 비난이나 알량한 동정을 받기 싫어서였다.

"나는 프린트해서 가져가려고. 너는?"

노트북으로 쓴 길고 긴 내용은 근처 PC방에서 출력한 뒤 가지고 가려 했다. 유서를 PC방에서 출력하는 사람이 몇이나 있겠냐마는, 그래도 마지막 편지는 문서 파일이 아닌 종이로 남겨두고 싶었다.

"저는 집에 두고 오려고요. 영정 사진은 제 학생증 사진으로 정해지겠죠?"

영정 사진. 나는 문득 궁금해졌다. 내가 죽으면 가족은 어떤 사진을 영정 사진으로 선택할까. 이왕이면 내가 정해주고 가는 게 나으려나.

"글쎄. 생각해보니 나는 마땅한 사진도 없구나. 영정 사진을 찍어두고 가야 할까."

잠시 고민했지만 불필요한 짓 같았다. 죽은 뒤의 일들은 남은 사람들의 몫이지 내 몫이 아니었으니까. 내가 준비해둬야 할 것은 친절한 유서 몇 장이면 충분했다.

"드디어 내일이네요. 언니 얼굴도 처음이자 마지막으로 볼 수 있겠어요."

아이의 말에 괜스레 애틋한 기분이 들었다. 우리는 오랜 시간 대화를 나누었지만 단 한 번도 서로의 이름을 묻지 않았다. 나는 몇 번씩 그 아이의 이름이 궁금했으나, 굳이 알려고 하지 않는 것이 우리 사이의 암묵적인 약속이었다.

— 이 아이는 정말 자신의 죽음을 간절히 기다리고 있는 것일까.

후회나 두려움은 없을까. 혹시나 마음이 약해져서 내 계획을 틀어지게 하면 어쩌지.

나는 그 아이와 꽤 깊은 유대를 가지고 있었으나 불쑥불쑥 생겨나는 불신의 생각들이 꼬리를 물기도 했다. 그래도 확실했던 것은 그때의 내 심정이 소풍을 앞둔 초등학생처럼 설레었다는 점이다. 나의 오랜 숙원이었던 죽음을 드디어 이룰 수 있다는 것에 가슴이 기분 좋게 두근거렸다.

시계를 보니 내일까지 불과 몇 시간 남지 않았다. 내일 이맘때쯤이면 난 죽어있을 것이다. 그리고 영원한 안식 속에서 비로소 행복해지겠지. 나와 그 아이는 좀처럼 잠이 들지 못하고 사사로운 이야기들을 오랫동안 이어갔다.

그것은
잔인한 폭력

드디어 죽기로 한 날이 밝았다. 함께 죽기로 한 아이는 저녁쯤 터미널에 도착한다고 했다. 나는 일단 근처 PC방에 들러 유서를 출력한 뒤, 예약해둔 숙소에 미리 가 있기로 했다. 자살에 필요한 물건들을 숙소에 내려놓고 터미널로 마중을 나갈 생각이었다.

나는 아무도 없는 셰어하우스를 마지막으로 둘러보고 밖으로 나왔다. 찌는 듯한 더위가 온몸으로 쏟아졌다. 인상을 찌푸리며 실없는 생각을 했다. '조금 더 일찍, 시원한 날에 죽을걸. 이렇게 무더운 날 장례를 치르게 하는 건 너무한가.'

PC방에 도착해 저장해둔 유서를 열었다. 출력하기 전에 한 번, 두 번, 세 번 다시 읽었다. 유서를 쓰던 날처럼 눈물이 나진 않았다. 그저 오점이 절대 남아선 안 되는 서류를 검토하듯 무덤덤했다. 배가 고픈 건지 마음의 허기인지 알 수 없는 공허함에 한참을 멍하니 모니터만 바라보았다. 얼마나 지났을까, 문득 시간을 보니 이제 숙소에 입실해야 했다. 서둘러 출력을 하고 나가려는 순간, 갑자기 뒤에서 누군가가 내게 말을 걸었다.

"실례합니다. 자살하려는 사람이 있다는 신고를 받아서요. 모니터 보니까 유서를 쓰고 계셨네요?"

내 자리 뒤로 경찰 서너 명이 와 있었다. 나는 순간 정신이 멍해졌다. '이게 갑자기 무슨 일이지? 내가 자살하려는 걸 경찰이 어떻게 알았지? 대체 누가 신고를 했다는 거지? 근데 이런 것도 신고를 하나?'

혼란스러움에 벙찐 표정으로 있다가 일어나라는 경찰의 독촉에 정신을 차렸다.

"유서 아니고 그냥 소설을 쓰고 있었어요. 이런 걸 누가 참견하고 신고했다는 거예요?"

그때 경찰 중 한 명이 내 가방을 허락도 없이 들췄다. 나는 신경질을 내며 뭐 하는 짓이냐고 소리쳤다.

"가방에 연탄이 있네요. 일단 여긴 사람들이 많으니 잠시 밖으로 나가서 얘기하시죠."

문득 주위를 둘러보니 PC방에 있는 모든 이가 나와 경찰들을 호기심 어린 눈으로 쳐다보고 있었다. 범죄자가 된 것 같아 억울한 마음이 들었다. 내가 머뭇거리는 동안 한쪽에선 경찰이 내 유서를 읽고 있었다.

"보지 마세요!"

나는 순간 수치스러움에 악을 쓰고 모니터를 껐다. 그리곤 가방을 챙겨 도망치듯 PC방을 뛰쳐나갔다. 경찰들이 바짝 쫓아오더니 내 팔을 잡고 한적한 골목으로 데려갔다. 나는 경찰의 손을 뿌리치곤 화를 냈다.

"제가 범죄자예요? 유서 아니고 소설 쓰고 있었다고요. 연탄도 캠핑 가려고 샀어요. 괜한 오해 말고 보내주세요. 저 집에 갈 거예요."

경찰은 일단 서까지 같이 가주셔야 한다고 했다. 신고를 받은 이상 그들은 나를 데려가야 할 의무가 있다고 했다. 대체 누가 신고를 했다는 건지 어이가 없고 황당했다.

"제가 경찰서를 왜 가요? 싫다고요. 걱정하실 필요 없고, 저 집에 갈 거니까 제발 좀 보내주세요."

경찰은 그럼 자신들이 집까지 데려다주겠다며 경찰차에 타라고 했다. 번화가의 인파들이 골목 어귀에서 웅성거리며 나를 쳐다봤다. 순간 빨리 이 자리를 뜨고 싶어 경찰차에 올라타 셰어하우스 주소를 말했다. 그러나 경찰차는 말없이 경찰서로 향했다.

"지금 뭐 하는 거예요? 집에 데려다준다고 했잖아요!"

나의 외침에 차 안에 있는 그 누구도 대답해주지 않았다. 너무나 자연스럽게 나를 기만하는 이 상황이 기가 막혀 눈물이 났다. 무기력하게 앉아 경찰들을 노려보며 눈물을 훔치던 그때, 휴대폰에서 SNS 메시지 알림이 울렸다.

'언니. 저, 곧 있으면 터미널 도착해요.'

■ ■ ■

경찰서로 들어가자 나보다 서너 살은 어려 보이는 여경 한 명이 다가와 내게 가방 안을 보여달라고 했다. 친절하고 부드러운 말투였으나 싫다는 내 말을 무시하고 단호하게 가방을 가로채 갔다. 여경은 가방에 있던 물건들을 하나씩 꺼내 테이블 위에 놓기 시작했다. 번개탄, 갈탄, 수면제, 청테이프 등이 나오자 가방에 담배를 숨겨놓다 선생님에게 걸린 학생이 된 것 같은 기분이 들었다.

나는 행여나 휴대폰도 강제로 뒤져볼까 봐 여경이 안 보는 틈에 얼른 SNS 메시지에 답장을 보냈다.

'문제가 생겼어. 내가 자살하려는 걸 누가 신고했대. 지금 경찰서에 붙잡혀 있어서 못 나가. 내가 이따 다시 연락할게.'

'네? 그럼 저는 어떡하죠?'

답장을 보내려는 찰나 여경이 내 쪽을 쳐다봐서 황급히 SNS 앱을 지워버렸다. 그 아이가 걱정됐지만, 나는 이 계획을 망칠 생각이 없었으므로 경찰들이 집으로 보내주면 다시 숙소로 갈 생각이었다. 아이가 숙소 주소를 알고 있었으니 거기로 가 있으리라 믿었다.

여경은 다른 경찰들과 잠시 얘기를 하더니 다시 내게 와 인정 많은 어른의 말투로 말했다.

"이다안 씨, 서른한 살이면 아직 젊은데 왜 죽으려고 했어요? 집에는 보호자가 오셔야 갈 수 있어요. 가족 연락처를 알려주세요."

경찰들은 이미 내 신상정보를 다 파악한 듯했다. PC방에서 카드로 결제한 내역을 이용해 조사했을 것이다. 게다가 보호자라니. 나에게 보호자 같은 게 있을 리 없었다. 나는 가족 없이 혼자 산다고 말했다. 경찰들은 믿지 않았다.

"가족이랑 사이가 안 좋아요?"

PC방에서 나를 데려왔던 경찰이 자신은 모든 걸 다 알고 있다는 듯 말했다. 내 얘기를 너무도 쉽게 무시하는 경찰의 태도에 화가 났다.

"가족 다 죽었다고요. 고아예요. 그런데 어떻게 보호자를 데려오라는 거예요? 내가 범죄라도 저질렀어요? 왜 집에 안 보내주는 건데요?!"

경찰들은 나를 안전하게 귀가시킬 의무가 있다고 말했다. 아까부터 의무 타령만 하는 경찰의 말이 같잖아 헛웃음이 나왔다. 이들은 대체 무슨 권리로 내가 죽지 못하게 막고 이렇게 붙잡아 놓기까지 하는 것인지 이해할 수 없었다. 내가 죽어야만 하는 이유에 대해선 전혀 모르면서, 대체 이들이 무슨 자격으로?

"가족이 없으면 친구라도 부르세요. 그전에는 못 보내 드려요."

여경의 말에 분해서 미칠 것 같았지만, 얼른 이 경찰서를 빠져나가야 내 자살 계획을 다시 실행할 수 있었다. 나를 기다리고 있을 그 아이 때문에 초조했다. 나는 잠시 머뭇거리다가 B룸의 지민이에게 연락했다. 아르바이트 중이었던 지민이는 내가 경찰서에 있다는 말에 지금 당장 오겠다고 했다. 비참했다. 셰어하우스 친구에게 이런 모습을 보이게 만든 경찰들이, 나를 신고한 PC방의 누군가가 죽도록 원망스러웠다.

▪ ▪ ▪

지민이는 경찰서에 도착하자마자 내가 앉아있던 벤치에서는 보이지 않는 공간으로 경찰 손에 이끌려 들어갔다. 대체 무슨 이야기를 나누려는 것인지 불안해하며 초조한 마음으로 기다렸다.

"언니, 여기서 나가려면 조금 기다려야 한대요."

잠시 후 지민이는 화장지로 눈물을 닦으며 나오더니 내게 말했다. 나는 친구를 부르면 보내주겠다고 하지 않았냐며 경찰들에게 따졌다. 여경은 아직 처리할 게 남아서 좀 더 기다려야 한다고 했다.

대체 처리할 게 뭐가 있다고. 나는 순간 불안한 생각에 휩싸였다. 내 신상을 다 알아냈으면 분명 엄마, 아빠의 연락처도 경찰은 알고 있을 것이다.

"설마 저희 부모님한테 연락해둬서 지금 기다리라고 하는 거예요? 같이 사는 친구만 오면 되는 거잖아요!"

여경은 그렇지 않다며 처리할 게 남아서라는 말만 앵무새처럼 반복했다. 나는 경찰들이 나를 애 취급하며 뻔한 거짓말을 하는 것을 눈치챘다. 이루 말할 수 없는 화가 치밀었다.

"언니…."

그때 누군가가 벤치에 앉아있는 내 무릎을 잡고 맞은편에 쭈그려 앉았다. 고개를 들어보니 셰어하우스를 나간 지 한참 된 은진이었다. 은진이는 눈물이 그렁한 눈으로 나를 올려다봤다. 왜 그랬냐는 무언의 인사였다.

"너 왜 왔어…?"

상상도 못 한 은진이의 얼굴을 보자 치욕감과 서러움이 동시에 밀려왔다. 나를 속인 경찰에 대한 분노까지 더해져 이 상황이 끔찍해 견딜 수 없었다. 나는 너무나 도망치고 싶어 경찰서 문을 향해 뛰쳐나갔다.

순간 경찰 여러 명이 달려와 가로막았다. 도대체 나를 왜 이 모멸감 가득한 상황 속에 가둬두는 것인지 이해할 수 없었다. 미친 듯이 악을 쓰며 막아서는 경찰들을 밀어냈지만 속수무책이었다. 나는 무엇이든 깨부수고 싶어 손에 쥐고 있던 휴대폰을 집어던졌다. 은진이는 액정이 산산조각난 휴대폰을 주워다 주며 연신 자신이 와서 미안하다고 했다. 떨리는 은진이의 목소리를 듣자 얼굴을 똑바로 바라볼 수 없었다. 야속한 눈물만 소리 없이 흘렀다.

여경은 친구가 오니 전보다 더 흥분했다며 애들을 내보내고 나를 진정시키려 했다. 내가 흥분한 건 너희들의 위선 때문이라고 소리 지르고 싶었다. 자판기 커피를 홀짝거리며 내 또래로 보이는 남경이 다가와 말을 걸었다.

"근데 가족이랑은 왜 사이가 안 좋아요? 그래도 믿을 사람은 가족뿐이에요. 세상이 아무리 힘들어도 다들 힘내면서 살아가고 있는 거고…."

"저기요. 설교하지 마세요."

남경의 같잖은 설교에 기가 막힌 내가 노려보며 말하자 그도 당황한 듯 입을 다물었다. 역겨운 위선자들. PC방에서 신고한 그 오지랖 넓은 인간도 내가 오늘 한 생명을 살렸다며 뿌듯해하고 있겠지. 이들은 자신이 얼마나 잔인한 폭력을 행사하고 있는지 결코 모른다.

오만한
사명감

가눌 길 없는 분노에 어찌할 바를 모르고 있을 때, 우려했던 끔찍한 일이 일어났다. 경찰서 문을 열고 아빠와 엄마가 들어온 것이다. 영원히 보지 않기로 했던 그들의 얼굴을 몇 개월 만에 이곳에서 마주하자 온몸이 소름 끼치는 모멸감으로 불타버리는 기분이었다.

울었는지 눈이 벌게져 있는 엄마를 문 앞에 두고 아빠는 쭈뼛쭈뼛 내 옆으로 와 앉더니 아까 남경이 하던 영혼 없는 말을 똑같이 했다.

"아빠도 죽고 싶던 적 많다. 죽고 싶은 사람이 세상에 한둘이겠냐. 다들 힘들어도…."

"시끄러워, 시끄러워, 시끄러워!"

나는 귀를 막고 발을 구르며 소리를 질렀다. 지금 내게 흉기가 있다면 여기 있는 이들을 모두 찔러 죽여버리고 싶었다. 나의 자살 계획은 절대 치기가 아닌데. 내 삶의 모든 것을 이해한다는 듯 아주 쉽게 내뱉는 그 말들은 칼처럼 날아들어 내 영혼을 갈기갈기 찢어놓았다.

더는 견딜 수 없어 나는 또다시 경찰서 문을 향해 달려갔다. 내가 소리를 지르며 발악해도 경찰들은 문을 열어주지 않았다. 그때 나이가 지긋해 보이는 경찰 한 명이 답답하다는 듯 크게 소리쳤다.

"야! 뭘 그렇게 봐주고 있어? 그냥 수갑 채워버려!"

그 말을 듣고 난 이성의 끈을 놓아버렸다. 말리는 아빠의 손을 뿌리치고 경찰을 노려보며 쌍욕을 퍼부었다.

"이 시발새끼야! 개새끼야! 네가 뭔데, 네가 뭔데!"

경찰은 할 말을 잃고 나를 정신병자 보듯 바라봤다. 내가 계속해서 욕을 퍼부으며 악을 쓰자 엄마가 나를 벤치에 앉히며 진정시키려 했다.

"다안아, 엄마가… 미안하다. 정신 좀 차려봐."

그 미안하다는 말은 바람 빠진 풍선에서 흘러나온 듯 공허하고 허무했다. 엄마는 어째서 긴 세월 내가 고통받는 동안 단 한 번도 내게 미안하다고 말하지 않았는지 묻고 싶었다. 그러나 내 입에서 나온 건 다른 말이었다.

"제발… 여기서 나가게 해줘."

엄마는 결국 경찰들에게 나를 보내 달라고 말했다. 온몸에 진이 다 빠진 내가 비틀거리며 문을 열고 나가자 경찰서 앞에 지민이와 은진이가 서 있었다. 나는 울고 있는 지민이의 손을 잡아끌며 말했다.

"집에 가자."

지민이의 손을 잡고 나는 정신이 반쯤 나가 택시를 찾아 헤맸다. 아빠가 경찰서에서 따라 나와 붙잡으려 하자 나는 미친 사람처럼 도로에서 고래고래 소리를 질렀다. 내게 조금만 가까이 와도 죽일 기세로 악을 썼다.

어렵사리 잡은 택시에 나와 지민이와 은진이가 올라탔다. 나는 기사에게 셰어하우스 주소를 불러줬다. 택시가 움직이는 동안 우리 3명은 단 한마디도 나누지 않았다. 흥분된 정적이 차 안을 맴돌았다.

■ ■ ■

셰어하우스로 돌아왔다. 다신 올 수 없을 줄 알았는데. 나는 불 꺼진 방 안 구석을 멍하니 바라보며 생각했다. '이럴 수는 없어. 나는 반드시 오늘 죽었어야 했어.' 이렇게 허무하게 시도조차 못 해보고 여전히 살아있는 건 말도 안 된다. 나는 이미 죽은 것이나 다름없었다. 돌이킬 수 없는 영혼의 침몰, 자아의 침몰로 나는 이미 심연의

끝에서 질식사한 상태였다.

불현듯 같이 죽기로 했던 아이가 생각났다. 나는 황급히 SNS 앱을 다시 다운로드 받아 메시지 창을 확인했다. 아이는 터미널에서 나를 기다리다 결국 버스를 타고 다시 여수로 돌아간 듯했다.

'미안해. 많이 기다렸지. 경찰들이 자꾸 나를 감시하고 있어서 연락할 수가 없었어.'

나는 진심으로 미안한 마음을 담아 메시지를 보냈다. 행여나 아이가 화가 나 마음이 바뀌어 있을까 봐 두려웠다. 비록 오늘은 실패했지만, 이 아이와 꼭 다시 자살 계획을 세워 성공시키고 싶었다.

'언니. 걱정했어요. 집에 무사히 오셨다니 다행이에요.'

아이는 의외로 호의적인 답을 줬다. 그러나 뒤이어 한 말은 내 심장을 내려앉게 했다.

'저 정신과 치료받아보려고요. 언니 말대로 나중에 죽더라도 지금은 조금 더 살아보려고요.'

이 아이와 SNS로 처음 만났던 순간이 생각났다. 고등학생이라는 얘기를 들은 나는 나이가 어리다고 말하며 이런 얘기를 했었다.

'그래도 내 나이까지는 살아보지 그래요. 아직 너무 어린데. 서른한 살이 되어서도 여전히 죽고 싶다면 그땐 죽더라도요.'

아이는 그 말을 기억하고 있었다. 그때 난 그저 어른으로서 어린

학생에게 몹쓸 짓을 시키는 것이 양심에 걸려 한 말이었다. 하지만 지금은 아니다. 나에겐 지금 이 아이가 간절히 필요했다. 나는 다급하게 메시지를 보냈다.

'갑자기 마음이 바뀐 거야? 왜, 내가 오늘 연락이 안 돼서 화났니?'

'아니에요. 화나지 않았어요. 그냥 언니 기다리는 동안 많은 생각을 했어요. 조금 더 살아보고 싶어졌어요. 그리고 언니도 죽지 않고 계속 살았으면 좋겠어요. 언니 이름이랑 얼굴도 알고 싶어요.'

그 아이의 말에 순식간에 배신감이 들어 견딜 수 없었다. 처음에 내가 다시 생각해보라고 했을 때는 그렇게 확고한 척하더니. 이렇게 쉽게 마음이 바뀔 거면 대체 왜 나를 택한 것인지. 나는 내 계획을 반드시 실행시켜줄 확실한 동반인을 원했는데.

'너는 처음부터 진심으로 죽고 싶은 마음이 없었구나. 그냥 너랑 같은 처지인 사람에게 응석 부리며 위로받고 싶었던 거야. 너는 돌아갈 곳이 있어 좋겠다. 우리가 만날 일은 없을 거야.'

원망이 서린 매몰찬 나의 메시지에 아이는 한참 동안 답이 없었다. 무언가를 썼다 지웠다 하는 표시만 메시지 창에 계속 떴다. 나는 더 기다리지 않고 그 아이의 계정을 차단했다. 알 수 없는 외로움이 가슴으로 밀려왔다.

방문 밖으로 인기척이 없는 것을 확인한 뒤, 조용히 거실을 가로질러 현관문을 열고 나갔다. 그러나 내가 나가는 걸 눈치챈 B룸의 지민이와 유선이가 황급히 따라 나와 어디를 가는 거냐고 물었다. 나는 잠시 바람 좀 쐬고 오겠다고 말하곤 엘리베이터 문을 닫았다. 아이들은 다행히 끝까지 좇아오진 않았다.

열대야의 거리를 걸으며 크고 작은 건물들을 올려다봤다. 어디에서 떨어져야 확실히 죽을 수 있을까. 최소한 셰어하우스에서는 멀리 떨어진 건물에서 투신하기로 결심했다. 고층의 아파트가 보였다. 저기 옥상에서 떨어지면 분명 죽을 수 있을 것 같았다. 그때 갑자기 휴대폰에 경찰이 위치 추적에 들어갔다는 문자가 왔다. 아이들이 경찰에 신고한 것 같았다. 나는 얼른 휴대폰을 꺼버렸다.

빠른 걸음으로 아파트를 향해 걷는데 맞은편에서 의경 여러 무리가 누군가를 찾고 있는 모습이 보였다. 나를 찾고 있는 것이었다. 저들에게 다시 잡힐 수는 없었다. 마침 등 뒤편에 PC방이 있어 그곳으로 몸을 숨겼다. 지금 생각하면 참 우습게도, 또 PC방이었다.

나는 현금을 선불로 내고 PC방 가장 안쪽에 앉았다. 한참의 시간 동안 경찰들은 나를 찾지 못했다. 문득 이 상황이 어이없다고 느꼈다. 저들은 왜 이토록 내가 죽는 것을 막기 위해 필사적일까. 진심으로 내가 죽지 않길 바라는 걸까, 그저 직업적 사명 때문인 걸까.

“실례합니다. 저희가 사람을 찾고 있어서요. 얼굴 좀 비교해볼 수 있을까요?”

그때 갑자기 처음 보는 경찰이 다가와 단말기에 있는 사진과 내 얼굴을 번갈아 바라봤다. 단말기에는 내 카톡 프로필 사진이 떠 있었다. 한껏 꾸민 사진과 달리 모자를 눌러쓰고 민낯인 나는 닮지 않았을 것으로 생각했다.

“혹시 이다안 씨 아니세요? 사진이랑 닮은 거 같은데.”

경찰은 긴가민가한 표정으로 내게 물었다. 나는 아니라고 잡아떼며 불쾌한 표정을 지었다. 경찰은 계속 자리를 뜨지 못하고 머뭇거리더니 무전으로 누군가를 불렀다. 잠시 후 나타난 사람은 경찰서에서 봤던 그 여경이었다.

“힘든 거 알아요. 그런데 지금 가족이랑 친구들이 얼마나 걱정하고 있을지 생각해봐요.”

여경은 한숨을 쉬며 내 어깨에 팔을 둘렀다. 엄마에게 붙잡힌 철없는 가출 청소년이 된 것 같아 치욕스러웠다. 그냥 아무도 모르게 조용히 죽고 싶었던 것뿐인데, 하루 사이에 수많은 사람에게 민폐를 끼친 해프닝만 만든 꼴이 되었다.

나는 허무하게도 또다시 PC방에서 경찰들에게 붙잡혀 셰어하우스까지 인계됐다. 현관 앞에서 유선이와 지민이가 기다리고 있었다. 나는 아이들에게 눈길도 주지 않고 방으로 들어가 문을 잠갔다.

— 이제 셰어하우스 애들은 나를 이상하고 소름 끼치는 애라 여기며 피하겠지.

분명 성공적인 자살을 위해 철저히 계획을 세웠건만 모든 게 엉망진창이 되어버렸다. 온몸에 기운이 빠져 침대 위로 쓰러지자 정신이 아득했다. 이대로 눈 감고 죽을 수만 있다면 얼마나 좋을까 생각했다. 살아있는 몸뚱이를 가지고 내일을 맞이하는 게 무서웠다.

다음날 아침, 거실에서 들리는 무전기 소음 때문에 잠에서 깼다. 경찰이 밤사이 내가 무사한지 셰어하우스까지 직접 확인하러 온 것이었다. 현관문을 열어준 B룸 지민이에게 내 상태를 물어본 후, 구태여 내 방 앞까지 찾아와 문을 두드렸다.

"이다안 씨? 경찰입니다. 문 좀 열어주세요."

나는 다른 하우스메이트들이 이 모습을 볼까 무서워 얼른 방문을 열었다. 경찰은 괜찮으신지 확인하러 왔다며 내 표정을 살폈다.

"괜찮아요."

나는 짧게 대답하고 서둘러 문을 닫았다. 무전기 소리가 멀어지고 현관문이 닫히는 소리가 들렸다. 경찰의 방문은 어제 일어난 일들이 모두 꿈이 아니었다는 증거였다.

나는 침대에 걸터앉아 생각에 잠겼다. 에어비앤비 숙소는 넉넉하게 3일을 예약했으므로 아직 사용할 수 있었다. 일단 아무에게도 감시받지 않는 그곳으로 가 새로운 자살 방법을 찾아야겠다고 생각했다. 그러나 내가 방에 없으면 분명 아이들이 또 경찰에 신고할 것 같았다. 어제처럼 주변 사람들을 다 들쑤셔놓고 자살에 실패하는 경우는 절대 없어야 했다. 나는 잠시 고민하다 지민이를 찾아가 최대한 밝은 표정으로 말했다.

"오래전부터 해놨던 약속이 있어서 오늘 외박을 해야 할 것 같아. 근데 너희가 괜히 또 걱정하고 경찰에 연락하면 일만 커질 것 같아서. 미안한데 다른 애들한테는 내가 방에 있으니까 건드리지 말라고 말해주면 안 될까? 방문 잠가놓고 가려고."

지민이는 곤란해하며 그건 못하겠다고 했다. 예상은 했지만 어쩔 도리가 없었다. 나는 네가 걱정할 일은 절대 생기지 않을 거라며 제발 부탁한다고 애원했다.

"언니, 나 너무 힘들어…."

결국 눈물을 쏟으며 힘겹게 말하는 지민이에게 미안한 마음이 들었지만, 난 끝까지 이기적이고 싶었다. 자살을 성공시켜 어제의 내 모습이 철없는 치기가 아닌 진심이었다는 것을 사람들에게 반드시 증명하고 싶었다.

"그럼 은진이 언니한테도 말하면 안 돼요? 나 혼자만 알고 있는 건 너무 무서워."

계속 자신을 설득시키는 내게 지민이는 불안한 짐을 나눠 가질 사람을 원했다. 어차피 은진이는 이곳에 살고 있지 않으니 통화로 잘 얘기하면 될 것 같아 지민이에게 전화를 걸어 바꿔 달라고 했다. 애써 명랑한 톤으로 사정을 설명하는 내게 은진이는 예상치 못한 말을 했다.

"언니. 저 사실 오늘 연차 내고 지금 셰어하우스 가고 있어요. 5분 안에 도착하니까 만나서 얘기해요."

비좁은 E룸 안에 나와 지민이와 은진이가 모여 앉았다. 은진이는 이 방에 다시 들어온 게 감회가 새롭다며 너스레를 떨었고, 나는 괜히 과장된 몸짓으로 맞장구를 치며 웃어 보였다. 오직 지민이만 표정이 어두웠다.

"어떤 약속인지를 자세히 알려줘야 저희도 보내드릴지 말지 결정할 수 있을 것 같아요."

이윽고 나긋하지만 단호한 어조로 말하는 은진이에게 나는 더는 막무가내일 수 없었다. 무언가 그럴듯한 핑계가 필요했는데, 순간 같이 죽기로 했던 그 아이가 생각났다.

"같이 동반 자살을 하려고 했던 아이가 있어. 그런데 내가 경찰한테 잡히는 바람에 지금 숙소에서 혼자 나를 기다리고 있을 거야. 걔를 설득시켜서 집에 보내려면 내가 가야 해. 절대 그 아이와 함께 죽지 않고 돌아올게."

내 말은 반은 진실이고 반은 거짓이었다. 은진이는 동반 자살에 관해서 좀 더 자세히 말해주길 원했다. 자살을 결심하고 SNS에서 그 아이와 나눴던 대화들을 떠올려 봤다. 하나씩 꺼낸 내 이야기를 들으며 지민이는 또 눈물을 흘렸다. 눈물이 없다고 언제나 강조하던 지민이는 나 때문에 이틀 내내 울고만 있었다.

은진이는 한참 동안 이런저런 얘기들로 시간을 끌며 끝내 나를 에어비앤비 숙소로 보내지 않았다. 아니, 어쩌면 내가 마음을 바꾼 것이나 다름없었다. 말없이 울고만 있는 지민이와 어떻게든 나를 붙잡고 싶어 하는 은진이의 모습을 보며 적어도 지금 이 아이들에게 짐을 주면서까지 죽지는 말아야겠다고 생각했다.

은진이와 지민이는 나에게 절대 숙소에 가지 않겠다는 약속을 받아내고 방에서 나갔다. 허탈한 마음으로 멍하니 앉아있다가, 문득 어질러진 방을 정리해야겠다는 생각이 들었다. 물건을 하나씩 치우는데 내 가방 속에 돈뭉치가 있는 것을 발견했다.

어제 경찰서에 가방도 두고 뛰쳐나와 택시에 급하게 올라탈 때,

아빠가 좇아와서 내 가방을 건네주던 게 생각났다. 가방 안에는 꼬깃한 만 원짜리 20장이 들어있었다. 나는 그 돈을 만지작거리다 울음이 터졌다. 세상에는 내 죽음을 막으려는 사람들이 너무 많았다.

▪ ▪ ▪

그날 이후로 엄마와 아빠는 계속해서 셰어하우스에 찾아와 나를 만나려 했다. 주말에는 나 몰래 냉장고에 여러 반찬과 과일을 가득 채우고 가기도 했다. 나는 엄마, 아빠가 셰어하우스에 찾아올 때마다 악을 쓰며 쫓아냈고, 한 번만 더 찾아오거나 애들에게 연락하면 여기에 불을 질러버리겠다는 협박 문자까지 보냈다. 이제 와 부모 노릇을 하려는 두 사람의 모습이 경멸스럽고 역겨웠다. 이까짓 것들로 내가 그 둘을 용서하리라 믿는 것이 분할 뿐이었다.

아이들의 연락처는 언제 알아낸 것인지, 틈만 나면 B룸의 지민이와 유선이 그리고 은진이에게 연락해 내 상태를 묻는 듯했다. 한참 시간이 지나서야 유선이에게 들어서 알게 된 사실이지만, 엄마는 셰어하우스 근처 카페에 아이들을 불러서 오랜 동안 나에 대한 넋두리를 늘어놨던 적도 있다고 했다. 그 와중에 쌍둥이 동생은 성격이 무던해 속 썩인 적이 없는데 다안이는 항상 왜 그런지 모르겠다며 내 흉을 보았다는데, 아이들은 그런 엄마의 태도에 기가 막히고 화가 나 어쩜 그렇게 아무것도 모르시냐며 단체로 엄마를 몰아세우고 화를 냈다고 했다.

각자의 스케줄도 제쳐두고 엄마를 만나 내 입장을 대변해준 아이들이 고마웠지만, 나의 부끄러운 가정사와 자살 소동 때문에 그들의 평온한 일상에 괜한 스트레스를 가져다준 것 같아 너무나 미안하고 부끄러웠다.

엄마는 내가 연락을 차단하고 계속해서 만나주지 않자 급기야 편지를 보냈다. 그립고 미안하다는 말과 함께 셰어하우스 근처 구청에서 운영하는 자살상담센터 번호를 적어두었다. 무료이니 꼭 찾아가 도움을 받아보라는 엄마의 거친 글씨는 어쩐지 급박하고 애달파 보였는데, 그런 감정을 느끼는 나 자신이 싫어서 얼른 편지를 갈기갈기 찢어 쓰레기통에 버려버렸다.

하메들 중 유일하게 내 자살 사건을 알게 된 지민이와 유선이는 전에 없이 조심스러운 태도로 나를 대했다. 두 사람은 내게 선불리 말을 걸지도, 방문을 두드리지도 않았다. 그저 서툰 솜씨로 요리를 해 냉장고 칸에 넣어두곤 내가 먹기를 기다렸다. 특히 유선이는 매일 저녁 말 없이 내 방 문고리에 초콜릿을 붙여두고 갔다. 나는 그 아이의 작은 위로를 언제나 고맙게 받아들이고 있다는 뜻으로 초콜릿을 문고리에서 꼬박꼬박 떼어 내 서랍 한 켠에 넣어두었다.

아이들에게 불편하고 어려운 존재가 된 것 같아 서글펐다. 이들이 지금 내게 보여주는 다정함도 결국에는 동정과 연민이겠지. 분명 나를 정신적으로 문제가 있는 아이라고 여기며 소름 끼쳐 할 것 같았다. 긴 시간을 돌고 돌아 나는 결국 죽지 못한 채, 다만 남겨졌다.

▪ ▪ ▪

죽지 못해 살아가는 의미 없는 하루들이 계속되었다. 나는 아이들에게 괜찮아진 모습을 보여줘야 한다는 생각과 내가 여전히 아프고 힘들다는 것을 표출하고 싶은 마음 사이에서 혼란을 느꼈다. 그러나 당장 죽을 게 아니라면 전처럼 무기력하게 천장만 보고 있을 수는 없었다. 뭐라도 하려는 마음으로 다들 출근한 텅 빈 셰어하우스를 청소하거나 마트에서 장을 봐와 하메들과 나눠 먹을 음식들을 요리했다. 더 나아가 예쁜 액세서리를 쇼핑하고, 맛집을 찾아가고, 아이들과 영화를 보거나 전시회를 가는 등 그동안 잊고 지냈던 사사로운 일상의 즐거움들을 느끼려 노력했다. 그래도 좀처럼 나아지지 않는 우울감을 어떻게든 빨리 치유하고 싶어 지역 보건소에서 운영하는 무료 자살예방센터에 상담 신청을 해보기로 결심했다.

센터에 전화를 걸자 상담사는 나에게 현재의 심리 상태나 자살 시도 경험 등에 대하여 질문을 했다. 그리고는 지금 당장은 상담센터 대기자가 너무 많아서 한 달 후에나 상담이 가능하다는 말도 했다. 한 달이라니. 나는 당장 도움이 필요했기에 알겠다고 말하고 허무한 마음으로 전화를 끊으려는데 상담사가 급히 말을 이어갔다.

"그런데 지금 선생님 말씀하시는 걸 들어보니 상태가 긴급하신 것 같네요. 보건소에 일반 상담센터와 긴급 자살상담센터가 있는데 긴급센터는 대기 없이 바로 상담이 가능하세요. 이쪽으로 예약을 도와드릴까요?"

내가 바로 그렇게 해달라고 하자 상담사는 예약 시각을 잡은 뒤 갑자기 자신과 약속 하나만 해줄 수 있냐고 물었다. 사무적인 뉘앙스의 멘트에서 벗어난 뜬금없는 얘기에 "약속이요?"라고 반문하자 상담사는 예상치 못한 말을 했다.

"저를 만나기 전까지 절대 자살하지 않겠다고 약속해주실 수 있나요?"

그 질문을 듣자 순간 명치가 아리면서 갑자기 눈물이 쏟아졌다. 떨리는 목소리를 애써 잠재우며 힘겹게 "네"라고 대답했다. 상담사는 내가 많이 힘들어 보인다며 우리 다음 주에 꼭 만나자는 인사로

통화를 종료했다.

마지막 질문에 감명을 받은 탓인지 나는 센터 상담에 상당한 기대감을 품고 보건소에 찾아갔는데, 상담사가 예상과 다르게 매우 앳된 학생이어서 조금 당황했다. 그녀가 매우 협소한 크기의 상담실로 이끌길래, 나는 밀폐된 공간에서는 불안감을 느끼는 사회 공포증을 앓고 있다고 말하며 보건소 복도에 있는 테이블에서 상담하면 안 되겠냐고 양해를 구했다. 상담사는 고맙게도 흔쾌히 허락해줬다. 동그란 유리 테이블에 앉자마자 그녀는 앞으로 상담은 주 1회, 총 5주간 할 수 있으며, 시간은 30-40분간 진행된다는 안내를 해줬다. 숨 한 번 쉬지 않고 안내 사항을 빠르게 줄줄 외워 말하는 모습이 흡사 A.I 같았다.

상담은 항상 똑같은 레퍼토리로 시간에 쫓기듯 이루어졌는데, 사실 그게 '상담'이라고 할 수 있는지는 모르겠다. 나를 고통스럽게 하는 감정들을 더듬더듬 말하면, 상담사는 "그렇군요", "네"와 같은 간단한 추임새 외에는 그 어떤 말도 하지 않고 노트에 무언가를 끊임없이 휘갈겨 적기만 했다. 나는 언젠가는 그 기록들을 바탕으로 내게 조언이나 위로 등을 하며 상담을 해주겠거니 기다렸는데, 5회의 짧은 만남은 아주 기본적인 질의 한 번 없이 허무하게 끝났다.

지금 와서 생각해보면 아마 상담하며 적었던 글은 그저 자신의 근무 일지 작성을 위한 메모였을 것이고, 이러한 태도로 미루어보건대, 전화상으로 나를 울렸던 질문 또한 그저 정해진 매뉴얼대로 남긴 일관된 멘트였을 것 같다. 물론, 이건 어디까지나 나의 추측일 뿐이지만.

'긴급 자살상담센터'라는 거창한 이름을 달고 참 안일하게 운영되는구나 싶어 "선생님은 그동안 제 이야기를 들으면서 무슨 생각을 하셨어요?"라는 질문을 마지막 날에 충동적으로 던졌다. 그리고 돌아온 대답은 "하하… 글쎄요"라는 멋쩍은 웃음과 함께 "오늘로써 상담 5회가 종료되셨어요. 그동안 수고 많으셨습니다. 안녕히 가세요"였다.

내 룸메이트가 될 예정이었던 세영이는 다쳤던 다리 회복이 더뎌 결국 셰어하우스를 나가게 됐다. 짐을 가져가기 위해 부모님과 함께 목발을 짚고 오랜만에 얼굴을 비춘 세영이는 나와 한 번도 방을 같이 못 써보고 떠나게 돼 아쉽다는 인사를 한 뒤, 내심 홀가분한 표정을 하고 고향으로 향했다.

만약 세영이가 계속 E룸에서 지냈다면, 그래서 가장 힘들었던 그 시기에 룸메이트가 생겼다면, 나는 과연 동반 자살을 똑같이 시도하려 했을지 궁금했다. 어쩌면 억지로라도 괜찮은 척하며 삶을 살아가고 있지 않았을까. 그랬다면 내 꼴이 지금보다는 덜 우스웠을까. 순식간에 휑해진 침대를 보고 있자니 괜한 생각이 꼬리에 꼬리를 물고 한동안 내 머릿속을 떠나지 않았다.

세영이가 나간 지 얼마 지나지 않아 친하게 지내던 지민이마저 퇴실했다. 지방 공기업의 인턴에 합격해 본가로 돌아가게 된 것이다. 그리고 그 허한 마음을 달랠 틈도 없이 내 방에는 새로운 하메가 입주했다. 난생처음 생긴 룸메이트와의 공동생활에 적응하느라 온 신경을 쏟다 보니 죽으려고 했던 내 마음도 어느덧 과거의 이야기가 되는 듯했다.

▪ ▪ ▪

더위가 한풀 꺾이고 추석이 찾아왔다. 다들 긴 연휴를 맞아 본가에 가면서 셰어하우스에는 B룸의 유선이와 A룸의 소연이, 그리고 나와 내 룸메이트 J만 남았다. 나는 어느새 J와도 스스럼없는 사이가 되었고, 간단한 아르바이트 자리를 알아보며 조금씩 일상으로 돌아오려 노력 중이었다. 물론 마음 한구석의 공허함은 온전히 채워지지 않아 답답함을 느끼고 있었다. 다시 미칠 듯한 우울함이 나를 잡아먹을까 봐 두려웠다. 스멀스멀 올라오는 이 기분 나쁜 기운을 어서 없애버리고 싶었다.

나는 술을 한 잔도 못 마셨지만, 정신을 잃고 빨리 잠들고 싶어 유선이에게 술을 마시자고 했다. 평소 술을 좋아하는 유선이는 흔쾌히 허락했고, 우리는 셰어하우스 앞에 있는 편의점에서 소주와 맥주를 섞어 마셨다. 그쯤 귀가하던 J가 합석을 하면서 자리는 조금 더 길어졌다.

술이 들어가자 정신이 나른해지고 온몸에 힘이 빠졌다. 그대로 방으로 가 잠들었으면 좋았을 텐데, 나는 그 상태에서 울컥 슬픈 기분이 들었다. 죽으려던 용기도 사라진 채 초라한 하루들을 연명하고 있는 내 모습이 불현듯 부끄럽고 서글펐다.

내가 취한 듯 보이자 아이들은 나를 이끌고 셰어하우스로 올라갔다. 아이들에게 기대어 걷고 있는 내 모습조차 한심해서 견딜 수 없었다. 나는 급기야 현관문에 들어서자마자 풀썩 쓰러져 대성통곡을 했다.

주체할 수 없는 슬픔이 온 정신을 점령해 나는 비명에 가까운 울음을 한참 동안 쏟아냈다. J는 당황하며 나를 일으켜 세우려 했지만, 나는 몸 전체를 바닥에 붙인 채 큰 소리로 울기만 했다. 유선이는 그런 내 모습이 지겹다는 듯 한숨을 쉬더니 J에게 내버려 두라는 말을 하고 자신의 방으로 들어갔다. 내 우울한 본성을 주체하지 못하다가 곁에 있던 사람들이 질려 떠나가는 일은 이미 숱하게 겪었다. 그런데 나는 여전히, 결국 또, 그 과오를 반복하고 있었다.

그 일이 있고 나서 알 수 없는 피해의식이 생겼다. 이를테면 유선이가 '재는 죽는다고 그 난리를 치더니 왜 아직도 안 죽고 저렇게 민폐만 끼치고 있지?'라고 생각할 것 같아 괜히 매 순간 심사가 뒤틀렸다. 그리고 그럴수록 이상한 반항심까지 더해져 내 공허함과 우울함을 밖으로 더 꺼내어 표출시키고 싶었다. 내가 여전히 병들어 있는 나약한 환자라는 것을 누구든 제발 알아줬으면 했다.

나는 관심을 갈구하는 사춘기 학생처럼 흡연이 금지된 셰어하우스 테라스에서 일부러 보란 듯이 담배를 피웠다. 담배를 피우고 싶은 생각도, 그 담배가 나에게 주는 위안도 전혀 없었지만 누군가가 나를 발견할 때까지 줄담배를 피우는 오기를 부렸다.

유선이는 그때마다 테라스와 연결된 창문을 조용히 닫으며 모른 척했다. 그러나 A룸의 소연이는 그런 내 모습을 조금도 용납하지 않았다. 노트북 도난 사건 이후로 여전히 나의 일거수일투족을 불만어린 눈빛으로 바라보던 참이었다.

소연이는 담배를 피우는 내 모습을 보고 아무 말 없이 방문을 닫고 들어가더니 한참 동안 기척이 없었다. 그리고 얼마 지나지 않아 매니저로부터 개인 카톡 연락이 왔다.

'다안 씨가 테라스에서 흡연했으니 퇴실 조치를 시켜달라는 연락을 받았습니다. 계약서상에도 하우스 내 흡연은 퇴실 사유인 거

아시죠? 이번 달 안으로 나가주세요.'

피폐해진 정신 상태에서 나를 고깝게 여기던 매니저의 의기양양한 퇴실 통보와 예상치 못한 소연이의 야멸찬 대처를 맞닥뜨리자, 말로 표현하기 힘든 수치심과 분노를 동시에 느꼈다.

'소연아, 나한테 직접 말하지 그랬니.'

화를 억누르고 최대한 침착하게 보낸 내 카톡 메시지를 소연이는 오랫동안 읽지 않았다. 방으로 찾아갈까 했으나 일부러 읽지 않는 것임을 알기에 그러지 않았다. 분명 내가 자초한 일이긴 했지만, 대체 내가 뭐 그리 큰 잘못을 저질렀다고 퇴실 조치까지 시켜달라고 했을까. 못돼 처먹은 계집애. 매일 나를 귀찮게 하는 응석 다 받아줬더니. 시시콜콜한 이야기들을 늘어놓던 순진한 얼굴이 가증스러워 울화가 치밀었다. 배신감 때문에 눈물이 날 것 같았다.

그것도 모자라 저녁에는 유선이와 사소한 문제로 말싸움까지 벌였다. 내게 필요 이상의 상처를 주려고 냉랭한 말들을 퍼붓는 그 아이에게선 매일 밤 문고리에 초콜릿을 붙여두던 온정은 찾아볼 수 없었다. 셰어하우스의 모든 이가 나를 싫어하는 것 같았다. 아니, 모든 이가 나를 싫어하도록 나 스스로 구제 불능이 되어 가고 있었다. 나는 주변에 민폐만 끼치는 한심한 우울증 환자라는 생각이 머릿속에 가득 찼다.

이렇게 쫓겨나면 당장 어디에 가야 할지도 문제였지만, 사실상 거처에 대한 건 필요 없는 고민이었다. 소연이와 유선이에게 받은 상처가, 과거 유서를 쓰게 만들었던 매니저의 야멸찬 말투처럼 또다시 자살 충동의 도화선이 되었기 때문이다.

'역시 그때 죽었어야 했어. 그 새끼 때문에 내가 이렇게 형편없는 목숨을 연명하게 됐잖아.'

나는 PC방에서 나를 신고한 사람을 찾아내 칼로 찔러 죽이고, 곧바로 내 심장에도 칼을 꽂는 상상을 했다. 나 같은 건 진작에 죽었어야 했다. 질끈 감아버린 두 눈 너머로 벼랑 끝이 보였다.

어디로 갈지 정하지도 않고 셰어하우스를 뛰쳐나왔다. 인적이 뜸한 한밤의 거리를 한참 동안 정신없이 걸었다. 초점이 나간 눈으로 휘적휘적 걸어가는 내내 나 자신을 해하고 싶은 충동을 참을 수가 없었다.

나는 급기야 거리 한복판에서 내 팔뚝을 손톱으로 쥐어뜯었다. 피가 뚝뚝 떨어지는 팔뚝을 보고 있으니, 불현듯 고등학교 3학년 때 미술학원에서 부르튼 손바닥 대신 팔뚝으로 파스텔을 문지르던 시절이 떠올랐다. 그때는 분명 미래에 대한 기대가 있었는데. 19살의 나는 31살의 내가 이렇게 끔찍한 모습일 줄 알고 있었을까.

발길 닿는 대로 걷다 보니 어느새 번화가 한복판이었다. 웬만한 상점들은 다 문을 닫고 24시간 운영하는 카페만 홀로 불빛을 내뿜고 있었다. 카페 2층으로 올라가니 대학생과 고등학생이 한 데 섞여 저마다 시험공부를 하는 모습이 보였다.

난 구석 창가 자리로 가 앉아 그들을 가만히 지켜봤다. 생기 있는 눈빛과 무언가에 골똘히 집중한 표정, 서로 대화를 나누며 천진난만하게 웃는 아이들. 그 모습들을 보고 있자니 갑자기 미친 듯이 눈물이 쏟아졌다. 주체할 수 없이 흐르는 눈물을 닦지도 않은 채 창밖을 멍하니 바라봤다. 까만 어둠이 푸르게 변해가는 풍경에 눈을 맞추고, 몇 시간을 그렇게 이유 모를 눈물을 흘리며 앉아있었다.

푸른 새벽은 어느새 노란빛을 내비치고 있었다. 피가 굳은 팔뚝의 상처가 아려왔고, 나는 여전히 창밖에 시선을 둔 채 미동도 하지 않았다. 동이 터오자 번화가 맞은편의 재래시장이 분주해지는 게 보였다. 배추와 양파들을 트럭에서 나르며 쉬지 않고 움직이는 나이 든 상인들. 그 옆으로 환경미화원이 경쾌한 빗자루질 소리를 내며 거리를 쓸고 있었다. 잠시 후 허리가 굽은 노인이 폐지가 쌓인 리어카를 끌고 더딘 걸음으로 지나갔다.

그때 옆에서 무언가를 끄는 커다란 마찰음이 났다. 밤샘 근무 중인 카페 알바생이 테이블과 의자들을 정리하고 있었다. 문득 카페를 둘러보니 그 많던 사람은 모두 사라졌고, 고등학생 두세 명이 담요를 어깨에 덮은 채 문제집 위에 볼을 포개고 쪽잠을 자고 있었다.

내 시선이 닿는 모든 곳을 이리도 자세히, 오랫동안 관찰한 적은 처음이었다. 나는 진심으로 지금 내가 눈으로 더듬고 있는 모든 이들의 삶이 행복한지 너무나 궁금했다. 행복해서 살고 있는지. 그저 살아있기에 행복한지. 그리고 그 행복의 생김새는 대체 어떤 모습인지 묻고 싶었다.

나는 눈물을 닦고 휴대폰을 연 뒤 엄마에게 보낼 문자를 쓰기 시작했다. 그 안에는 내가 유년 시절 겪었던 아픔, 평생을 따라다닌 지독한 병들, 현재의 끔찍한 내 상태까지 낱낱이 고백하고 토로하는 내용을 담았다. 그리고 길고 긴 고백 끝에, 사실 내 평생 진실로 가장 하고 싶은 말이었으나 끝내 꺼내지 못했던 말을 적었다.

'엄마, 나는 이제 정말 나를 사랑하고 싶어. 내가 죽고 싶은 생각을 멈추고 진심으로 나 자신을 사랑할 수 있도록 제발 도와줘, 엄마.'

나의 길고 긴 메시지를 확인한 엄마는 곧바로 당장 만나자는 답장을 했다.

'다안아, 네가 어떤 모습이든 너는 내 소중한 딸이야. 다시 같이 살자. 엄마 불안해서 너 거기에 못 두겠어. 이제 절대 너 힘들게 하지 않을게. 약속해.'

내가 또 언제 자살 시도를 할지 몰라 자신의 곁에 두고 싶어 하는 것임을 알았으나 다시 그 집 안으로 들어가기는 싫었다. 거기서의 끔찍했던 기억들이 되살아나며 분명 또다시 불행해질 것 같았기 때문이다. 내가 한참 동안 답이 없자 엄마는 초조한 듯 문자를 다시 보냈다.

'그럼 엄마가 원룸 얻어줄까? 집 근처에 있는 원룸으로 알아봐

주면 올 거야?'

어디서 빌리지 않고서야 원룸을 구해줄 돈이 없는 엄마, 아빠의 사정을 뻔히 알고 있었다. 자살하겠다고 그 난리를 치고 혼자 살 집의 보증금과 월세까지 내 달라고 하는 것은 아무래도 염치가 없었다. 이미 지금 살고 있는 그 허름한 임대 아파트 월세도 버거워하던 엄마였다. 한참을 골몰했으나 뾰족한 수가 떠오르지 않았다. 직장을 다니지 않으니 내 이름으로 대출을 받을 수도 없었다. 돈도 마음도 빈털터리인 내가 지금 갈 수 있는 곳은 잡동사니로 가득 찬 그 쪽방뿐이었다. 결국 마음에 불안감을 가득 품은 상태에서 나는 가족과 다시 매일의 삶을 공유하기로 했다. 1년 전 인천 집을 떠나던 그날처럼, 나는 셰어하우스의 아이들에게 인사 한마디 건네지 않고 서울을 떠났다.

■ ■ ■

내가 집을 나간 사이에 반려견 봉봉이는 뒷다리를 아예 쓸 수 없는 앉은뱅이가 되어있었다. 이제 오줌도 똥도 가족이 도와줘야만 눌 수 있고, 밥과 물도 입에 가져다줘야만 먹을 수 있다고 했다. 아빠는 그동안 건강을 완전히 회복해 환갑이 넘은 나이에 건물 관리소장으로 일하며 거의 20년 만에 가장의 역할을 하고 있었다. 엄마도 초등학생을 가르치는 온라인 원격 수업을 파트타임으로 다시 시작한 덕분에 전보다 조금은 여유 있게 삶을 살아가는 중이었다. 애물단지였던 동생도 드디어 취업해 인천의 한 원룸에서 스스로 앞가림을 하며 살고 있다고 했다. 가족 중 유일한 직장인이었던 나는 이제 유일한 백수로 그 입장이 완전히 바뀌었다.

무엇보다 내가 없을 때 일어난 가장 큰 사건은 시흥 신도시의 공공 임대 아파트 청약에 당첨되어 내년 상반기 입주를 앞두고 있다는 사실이었다. 여러 해 동안 오매불망 청약 당첨만 기다렸던 엄마는, 그 이후로 인터넷 할인 사이트에서 온갖 인테리어 용품들을 수집광 수준으로 사다 날라 내가 자던 방에 발 디딜 틈도 없이 산더미처럼 쌓아두었다.

집다운 집에 살며 예쁘게 꾸며보는 게 평생 소원이었던 엄마의 설레는 마음을 모르는 것은 아니지만, 내가 없던 방 안이 포장도 뜯지 않은 인테리어 용품으로 가득 덮여 있던 모습은 그동안 나에 대한 걱정이나 그리움 따윈 없었다는 방증 같아 조금 씁쓸했다.

나는 곧 휴대폰 번호를 바꿔 모든 지인과의 연락를 차단했다. 누군가와 별 의미 없는 짧은 메시지를 주고받는 행위마저도 나에겐 힘겹고 버거운 일이 되어버렸기 때문이다. 친구와의 간단한 대화도 쉽지 않은 내가 다시 취업해 사회 생활을 할 수 있을 리 만무했다. 사회 공포증은 이루 말할 수 없이 커져 있었고, 나는 잠시의 외출도 두려워했으며, 아는 사람과 마주치는 것을 극도로 꺼렸다. 아르바이트 사이트를 이 잡듯 뒤져 찾아낸, 편당 4000원짜리 채팅형 소설 원고를 작성해 메일로 전송하는 재택근무가 그나마 내가 할 수 있는 유일한 일거리였다. 원고를 계속해서 새롭게 창작하고 수시로 평가당해야 한다는 점이 스트레스였지만, 이거라도 하지 않으면 나 자신이 너무나 한심해 견딜 수가 없을 것 같아 이를 악물고 꾸역꾸역 써냈다.

외부로부터 스스로 철저히 고립된 나에게 유일한 스트레스 해소 방법은 폭식이었다. 하루 세끼 챙겨 먹는 걸 철저하게 지켰고, 끼니때가 아니어도 냉장고와 찬장을 뒤져 수시로 무언가를 입에 집어넣어야 마음이 편해졌다. 엄마는 내가 집에 오고 나서부터 한동안은 어색하리만치 다정한 태도로 나를 대했지만, 폭식하는 모습이 영 신경에 거슬렸던지 금세 예전의 짜증 섞인 말투와 표정을 드러냈다.

"너는 어떻게 된 애가 하루에 세 끼를 다 챙겨 먹니? 밥은 또 왜 그렇게 많이 먹어?"

엄마는 내가 식탁에 앉기만 하면 이 말을 매일같이 쏘아붙이며 수시로 눈치를 줬다. 나는 그럴수록 반항심에 더 지독하게 폭식했다. 나의 모든 것을 이해하고 도와줄 것처럼 말하더니, 역시나 달라진 게 하나도 없다고 분해하며 더 집요하게 음식을 먹어댔다. 엄마가 외출하면 나는 배가 고프지 않아도 헐레벌떡 먹을 것부터 찾았다. 엄마가 없을 때 무엇이든 얼른 먹어둬야 한다는 초조함 때문이었다. 배가 터질 듯한 기분이 들어야만 비로소 마음이 안정됐고, 그 포만감마저도 금방 사라질까 두려워 방 안 곳곳에 음식들을 숨겨놓고 밤이고 새벽이고 몰래 꺼내먹었다.

폭식이 계속되자 나는 한순간에 몸무게가 25kg이 넘게 증가해 말랐던 체구가 비만의 체형으로 변했다. 갑자기 찐 살로 인해 온몸에는 빨간 실지렁이 같은 튼살 자국이 넘실댔고, 가지고 있던 옷들은 단 하나도 맞는 게 없어 잠옷 같은 실내복마저 커다란 남자 사이즈를 구입해야 했다. 허리까지 내려오는 긴 웨이브 머리마저도 거추장스러워 화장실에서 부엌 가위로 귀밑까지 듬성듬성 잘라버렸다. 지저분한 더벅머리에 피부 곳곳이 튼살 자국으로 뒤덮인 거대한 몸뚱이의 내가 거울 속에 보였다. 마음에 아무런 동요가 없었다. 그냥 드라마나 영화에 등장하는 뚱뚱하고 못생긴 여자의 모습을 쳐다보고 있는 기분이었다. '이 괴물이 정말 내가 맞나?' 싶어 멍하니 보다가도 이런 생각 자체가 귀찮고 짜증나 얼른 거울에서 시선을 거뒀다.

지금의 망가진 내 모습을 본 사람이라면 믿지 못하겠지만, 사실 나는 과거에 예쁘다는 말을 꽤 듣고 살았다. 물론 연예인급의 특출난 미모는 아니었지만, 길 가다가 번호를 물어보는 남자들이 상당수 있었고, 직장에서나 친구들 사이에서도 예쁘다는 칭찬을 자주 들었다. 구체적인 에피소드 하나를 추가하자면, 주말마다 집 근처 카페에서 노트북으로 디자인 관련 투잡을 뛰던 때가 있었는데, 그 카페의 남자 직원 3명 모두에게 각각 크고 작은 선물을 동반한 고백을 받은 적도 있었다. 심지어 그 직원들 사이에선 내가 '노트북 여신'이라는 남사스러운 별명으로 통하며 오는 시간과 앉는 자리까지 기억하고 있었다는 얘기도 전해 들었다.

내 입으로 말하기 참으로 부끄럽고도 민망한 이야기를 이렇게 꺼낸 이유는, 외모에 자신감을 가져도 될 만한 일련의 에피소드들을 이처럼 겪었음에도, 과거의 나는 언제나 심각한 외모 강박에 시달렸다는 사실을 고백하기 위해서다.

나는 어디서나 예쁘다는 말을 듣고 싶어 했고, 어느 집단에서든 예쁜 여자로 주목받지 못하면 마음이 불안했다. 그리고 그와 동시에 내가 언제나 완벽하게 치장된 모습을 보여줘야 사람들이 나를 좋아할 것이라는 강박에 매몰되어 있었다. 내가 성형수술로 얼굴을 갈아엎었다거나 민낯이 형편없어 두꺼운 화장으로 가리고 다닌 것도 아니었는데, 나는 오로지 머리부터 발끝까지 완벽히 세팅된 모습이 아니면 그 누구도 만나지 않으려 했다. 무엇보다 나는 우울하고, 불우하고, 자존감 낮은 인간이라는 콤플렉스가 심해서, 이를 속이고 사람들에게 호감을 얻기 위해선 외모라는 무기의 가치를 끌어올려야 한다는 조바심이 들었다.

자연히 내가 유일하게 돈을 투자하는 대상도 오직 외모를 꾸미는 데 필요한 것들뿐이었다. 물론 항상 경제적으로 쪼들렸기에 명품 같은 건 꿈도 못 꿨지만, 패션에 관심이 많은 덕에 싸구려 중에서도 세련되고 예쁜 옷과 액세서리들을 잘 골라냈고, 저렴하지만 솜씨 좋은 미용실도 지겹도록 발품을 팔아 찾아냈다. 당연히 몸매에도 엄청난 신경을 써야 했기 때문에 운동 중독 수준으로 헬스장을 다녔고, 몸무게 1kg에 일희일비하며 언제나 모든 음식의 칼로리를 버릇처럼 계산하곤 했다. 허리까지 오는 긴 웨이브 머리, 몸에 딱 붙는 여성스러운 라인의 옷, 10cm 넘는 하이힐은 내 외관 취향이었다. "예쁘다. 날씬하다. 옷 잘 입는다." 나는 어디서나 이 세 문장을 듣고 살아야만 비로소 내 인생이 가치 있게 작용한다고 철석같이 믿었었다.

그랬던 내가 한순간에 외모를 가꾸는 모든 것에 아예 흥미를 잃어버린 것이다. 그리고 더 나아가 스스로 세상에서 가장 못나고 뚱뚱한 여자가 되는 것을 자처하는 중이다. 그건 내가 더는 가면 속에 갇혀 인생을 집요하고 전투적으로 살아내고 싶지 않다는 시위 같은 것이었다. 그리고 그 시위에 충격을 받은 건 다름 아닌 엄마였다. 엄마는 항상 딸의 외모는 경쟁력이자 자신의 면을 세우기 위한 수단이라 생각했다. 엄마는 명절 때나 결혼식 같은 곳에 나를 데려갈 때면 화장과 옷 코디까지 집착에 가까울 정도로 모두 자기 뜻대로 꾸며야만 직성이 풀렸다. 엄마의 그런 집착의 배경에는 내가 외모를 이용해 경제 능력이 좋은 남자를 만나 결혼해서 가난한 집안에 보탬이 되길 원하는 속물적인 바람도 깔려 있었다. 그러니 결혼 적령기가 훨씬 지난 내가 이렇게 외모를 망가뜨리고 사는 것에 억장이 무너졌을 것이다.

한 번은 엄마가 밥을 먹고 있는 나를 한심하게 쳐다보면서 "재는 맨날 무슨 입맛이 저렇게도 좋을까"라고 중얼거렸다. 불안정하고 공허한 마음속을 음식으로라도 채우려고 발악하는 이 비참한 상황에 대해선 조금도 궁금해하지 않으면서, 나를 그저 눈치 없고 속 편한 식충이로 치부하는 엄마에게 서러움이 복받쳐 순간 또 눈물이 났다. 엄마는 내 정신보다 오로지 망가진 외모에만 집착하며 자꾸만 다이어트약과 절식만 강요하던 중이었다.

"엄마는 내가 지금 살고 싶은지, 죽고 싶은지, 무슨 생각을 하며 하루를 보내는지 전혀 궁금하지 않지? 오직 살찐 내 몸뚱이만 신경 쓰여서 못마땅해 죽겠지?"

억눌렀던 감정을 폭발하며 소리 지르자 엄마는 짐짓 당황하며 어린애 달래듯 말했다.

"그게 아니라, 살찌면 네가 자존감도 낮아지고, 그럼 더 우울해질까 봐 그런 거지."

거짓말. 내 자존감을 깎아 먹은 건 엄마의 비아냥거리는 말과 경멸하는 표정이었지 살찐 껍데기가 아니다. 그런 가식적인 말로 나를 기만하는 엄마의 태도에 더욱 화가 났지만 이내 입을 꾹 다물었다. 내 앞가림도 하지 못하고 빌붙어 사는 지금 처지를 자각하면, 이렇게 매일 밥 먹을 수 있는 것에 감사하진 못할망정 감히 화낼 자격 따위는 없었기 때문이다.

그나마 유일한 할 일이었던 원고 작성 아르바이트는 고료를 지급받을 날짜가 한참 지나도 입금이 되지 않아 나를 불안하게 만들곤 했다. 업무 담당자와 메일로만 소통하는 게 사회 공포증을 앓는 나에겐 큰 장점이었는데, 이런 상황이 오자 연락처도 알아두지 않았던 것이 후회스러웠다.

얼마 지나지 않아 회사 측에선 내 원고가 표절로 판정되어 고료를 줄 수 없다는 메일을 보내왔다. 표절이라니. 고작 4000원짜리 원고에 많은 에너지를 쏟아야 했던 내 노력이 어이없는 모함을 받자 화가 치밀었다. 나는 대체 내가 어떤 작품의 어느 부분을 표절했는지 정확한 증거를 제시하라고 했고, 답이 없을 경우 법적 조치를 취하겠다고 으름장을 놨다. 말은 그렇게 했지만 내가 고소 같은 걸 할 여력이 있을 리 없으니 걱정이 됐다.

회사 측은 그 부분에서는 아무런 답변을 주지 않고 말없이 고료를 입금해주었다. 그리고 이후로는 연락이 두절됐다. 이런 식으로 어처구니없이 해고당한 게 억울했지만 더 따지고 싶은 마음도, 기운도 없었다. '난 역시 뭘 해도 안 되는구나.' 그 일로 나의 침체된 자아는 더욱더 맥을 못 추고 깊은 수렁으로 빨려 들어갔다. 나는 또 천장만 바라보며 시간을 잡아먹는 시체가 되었다. 30대의 나이에 미래 없는 삶을 부모에게 의지하며 '그래도 살아있으니 됐다'라고 자위하는 것은 자존감이 사라진 지 오래인 나에겐 불가능한 일이었다. 내 존재 자체가 역겹고 한심해 모든 생각이 자꾸만 자살이라는 물꼬로 흘러가서 괴로웠다.

어떻게든 되겠지

좀처럼 우울의 늪에서 벗어나지 못하고 있을 때, 나에게도 인생의 환기가 되는 일이 찾아왔다. 더디지만 부지런히 흘러간 시간 덕에 어느새 시흥 신도시로 이사 갈 날이 온 것. 3월의 봄 햇살이 가득한 날에 우리 가족은 지긋지긋한 인천을 떠나 시흥으로 왔다. 이삿짐 센터 사람들과 함께 살림살이들을 나르는 아빠와 엄마는 눈에 띄게 흥분되고 설레 보였다. 특히 엄마는 인천 집에 가득 쌓아두었던 인테리어 소품들과 새 가구들을 요리조리 옮기며 배치하느라 세상에서 가장 신난 얼굴을 하고 있었다. 이 많은 걸 그 좁은 집에 어떻게 다 숨겨놨던 것인지, 세일 딱지가 붙어있는 온갖 인테리어 소품이 끝도 없이 나와 깜짝 놀랐다. 그러면서도 구석에 가만히 웅크리고 앉아있는 봉봉이를 보고 "넓은 집에 와도 걸어 다니지도 못하고…

이제 여기서 죽는 날까지 살게 될 텐데. 불쌍한 것"이라 말하며 틈틈이 눈물짓기를 반복했다.

30평형대의 커다란 집은 모든 자재가 깨끗한 새것이고 작은 버튼 하나까지 '신식'이었다. 신도시답게 정갈하게 정리된 단지 안의 어여쁜 조경은 바라만 봐도 기분이 좋았고, 근처로 조금만 걸으면 푸른 잔디와 드넓은 강물이 펼쳐지는 멋진 공원도 있었다. 그야말로 내가 평생 꿈꿔 왔던 집다운 집이었다. 물론 어떤 부유한 사람들이 보기엔 초라하기 짝이 없는 임대 아파트일 뿐이겠지만, 내게는 너무나 과분하기 그지없는 으리으리한 궁궐 같았다.

무엇보다 널찍한 거실과 부엌이 확실히 구분되어 있고, 방이 3개나 있다는 점은 우리 가족에게 가장 간절히 필요했던 부분이었다. 원룸이나 다름없던 집에서 3명이 살았을 때, 우리는 그 좁아터진 한 공간에 모여 자느라 아주 사소한 이유로 매번 전쟁 아닌 전쟁을 치렀다.

아빠는 밤늦게까지 TV를 보다 잠드는 게 큰 낙이었고, 불면증이 있던 엄마는 약을 먹고 정해진 시간에 일찍 잠자리에 들고 싶어 했는데, 이 부분에 대해선 둘 중 누구도 양보할 생각이 없어서 거의 매일 밤 이 문제로 소리를 지르고 싸웠다. 야근으로 새벽이 다 돼서야 들어오던 나는 집에 오면 세수를 하거나 냉장고에서 물도 꺼내 마시지 못했다. 행여나 그러기라도 하는 날에는 잠귀 예민한 엄마가 "넌 어떻게 된 년이 엄마 불면증 있는 거 뻔히 알면서 그리도 배려심 없이 시끄럽게 잠을 깨우냐!"고 악을 썼기 때문이다.

하지만 이제 엄마는 안방에서 본인이 원하는 시간에 편히 잠들었고, 아빠는 거실에서 새벽까지 좋아하는 스포츠 채널을 마음껏 보다가 두 번째 방에 들어가 잠을 자면 그만이었다. 게다가 내 방은 안방에서 가장 멀리 떨어져 있고 화장실도 바로 옆에 있는 세 번째 방이었기에 엄마가 잠든 시간에 방 안에서 노래를 듣거나 화장실에서 샤워를 해도 아무 상관이 없었다.

처음으로 온전한 내 방이 생기자 생전 관심 없던 인테리어에 커다란 흥미가 생겼다. 사실 관심이 없다기보다 꾸밀 방이 없으니 관심을 가질 이유도 없었다는 게 더 맞는 표현이지만.

나는 엄마가 쓰던 오래된 서랍장을 직접 페인트칠해서 리폼하고, 밤낮없이 열심히 인터넷을 뒤져 구매한 초저가의 조립식 가구들을 직접 만들어 방을 꾸미기 시작했다. 텅 비어 있던 방 안이 내 손을 탈 때마다 따뜻하고 아늑한 분위기로 변신하는 게 어찌나 즐겁던지, 나는 한동안 나만의 공간을 꾸미는 재미에 푹 빠져 잠시나마 고질적인 자살 충동에서 벗어날 수 있었다. 과거에는 오직 외모 꾸미기에만 정성을 쏟던 내가 지금은 전혀 그러질 못하고 있으니 일종의 보상심리가 생겨 더 열심히 집 꾸미기에 열중했던 것 같다.

방 안 곳곳을 사진으로 예쁘게 찍어 모바일 인테리어 앱에도 올려봤다. 비싸고 트렌디한 가구들이 가득한 집들이 많아서 관심도 못 받을 줄 알았는데, 한동안 '좋아요' 알림이 요란하게 울리더니 그 주에 가장 예쁜 집 1위로 뽑히는 뿌듯하고도 신기한 영예의 순간을 경험하기도 했다.

엄마와 거실이나 부엌을 함께 꾸미며 대화도 늘고 사이도 부쩍 좋아졌다. 집을 꾸미기 위해 무거운 물건을 함께 옮기거나 높은 곳에 올라갈 때 잡아주는 일 등에 있어선 서로 불평 한마디 없이 너무나 열정적으로 협조하며 도와줬고, 결과물이 만족스러워 함께 웃는 일도 잦았다.

"엄마는, 내 손으로 예쁘게 꾸민 집에 우아하게 앉아서 커피 마시고 책 읽는 게 평생 소원이었어. 이젠 그럴 수 있으니 얼마나 좋니. 네가 보기엔 속없어 보이겠지만, 대출금이니 월세니 이런 거 이제 미리 걱정 안 하고 살려고. 살다 보면 어떻게든 다 되겠지 싶어."

베란다에 화초를 심던 어느 날, 엄마는 갑자기 흙을 만지던 일을 멈추고 초연한 표정으로 창밖을 보며 이렇게 말했다. '어떻게든 되겠지.' 이 말은 내가 세상에서 제일 싫어하는 말이었다. 그건 평생을 한없이 무책임하고 게으른 가장이던 아빠의 단골 멘트였으니까. 하지만 그날 엄마의 그 말은 다른 의미로 들렸다. '이제는 다 용서하고 받아들여야지.' 엄마는 그때 내게 이 말이 하고 싶었는지도 모른다.

아빠가 매일 아침 정해진 시간에 출근해서 정해진 시간에 퇴근하는 모습은 초등학교 저학년 이래 처음 보는 광경이라 매우 생경하면서도 마음 한편에 묘한 안정감을 심어줬다. 그 안정감은 나이 든 아빠가 자신보다 어린 사장에게 머리 조아리며 번 돈으로 이 새집의 비싼 월세와 관리비를 충당할 수 있으니 참으로 다행이라는 계산적이고 못된 마음이었다. 그리고 그 못된 마음은 금세 끝없는 죄책감을 안겨주며 무능력한 나를 향한 부끄러움으로 바뀌었다.

염치없는 30대 딸은 환갑 넘은 아빠가 출근 준비를 할 때마다 괜히 하릴없이 거실을 알짱대다가 "오늘 비 온대. 우산 가져가", "오늘 춥대. 잠바 가지고 가" 같은 말을 무심히 던졌다. 그럼 아빠는 무뚝뚝한 목소리로 "어"라고 짧게 대답한 뒤, 내가 말한 물건들을 챙겨 들고 씩씩한 걸음으로 현관을 나섰다. 그 짧고 평범한 대화는 아빠에 대한 트라우마와 분노를 이겨내고, 오랜 시간 깊고 깊게 갈라진 간극을 조금씩 당겨보려는 나 나름의 엄청난 도전이었다.

나는 직장에 다니지 않아도 매일 아침 8시면 일어나고 밤 11시면 잠드는 아침형 인간의 루틴을 꼬박꼬박 지키려고 노력했다. 밤새 빈둥거리다가 밤낮이 바뀌어버린 백수가 아니라 부지런한 가정부 노릇이라도 열심히 해야지만 돈 못 벌고 있는 내 처지에 눈치가 덜 보여서였다.

아빠가 출근을 하고 엄마가 거실 소파에 앉아 커피를 마시며 책을 읽으면, 나는 환기를 시키고 청소기를 돌린 뒤, 아침 밥상에 올려졌던 그릇들을 설거지했다. 그 후에는 세탁기를 돌리거나 빨래를 널었고, 오후가 되어 점심 식사를 차린 뒤에는… 또 설거지를 했다. 가끔 밑반찬들을 만들거나 냉장고 안을 대대적으로 정리했으며, 일주일에 한 번씩 화장실 청소를 하는 날이면 항상 오전이 후딱 지나갔다.

가끔 엄마가 친구를 만나거나 모임을 나가느라 종일 집을 비울 때면 가정부뿐만 아니라 펫시터로서의 역할도 충실히 수행해야 했다.

"깜빡하지 말고 시간 잘 체크해서 오줌이랑 똥 누이고. 밥에 닭고기 섞은 다음에 살짝 데워서 주고. 밥그릇 입 앞에 그냥 두면 안 먹으니까 손으로 조물조물해서 먹여줘. 낑낑거리면 고구마랑 간식 좀 주고. 봉봉이 거실에 혼자 두지 말고 옆에 꼭 붙어있어. 알았지?"

엄마는 하나라도 빼먹으면 가만두지 않겠다는 표정으로 몇 번이고 똑같은 얘기를 강조했다. 행여나 내가 잠깐이라도 봉봉이를 거실에 두고 방에 들어가 있으면, 엄마는 귀신같이 그 타이밍에 집에 와서는 너는 할 일도 없는 애가 왜 애기를 혼자 두냐며 있는 대로 성질을 내곤 봉봉이를 껴안고 세상 안쓰럽다는 듯 쓰다듬었다. 그때마다 질투인지 서러움인지 모를 유치한 감정이 솟아 짜증났지만, 결국 아무런 대꾸도 하지 못하고 뒷목만 긁적였다.

— 365일 집 안에 갇혀서 집안일과 강아지 돌보기만 하는 나에게 과연 미래가 존재할까?

시간이 흘러 방 꾸미기와 새로운 동네에 대한 흥미도 잃고 나니 이 생각만 온종일 머릿속에 박혀 자괴감이 몰려왔다. 한동안 숨어있던 자살 충동이 다시 또 튀어나와 미래도 깜깜한 인생을 뭐하러 살고 있냐며 자꾸만 창밖으로 뛰어내려 버리라고 내 귓가에 속삭였다.

그래도 전과 달라진 게 있다면, 그 속삭임을 애써 모른 척할 수 있는 마음가짐이 생겨났다는 것이었다. 정기적으로 치료를 받아 나의 사회 공포증이 조금이라도 개선된다면, 하다못해 식당에 취직해 설거지라도 해서 집에 생활비를 보태줄 수 있지 않을까 하는 생각이 들었다. 정신과에 대한 안 좋은 기억들이 있었기에 병원에 방문

하는 것을 결정하기까지 오랜 시간이 걸렸지만, 나는 결국 불신을 잔뜩 안고 집 근처에 유일하게 있는 정신과 병원을 찾았다.

병원 대기실은 깨끗하고 정갈한 인테리어에 클래식이 흘러나오고 고상한 그림도 벽에 걸려있었다. 분명 누구든 포근하고 안락한 기분을 느낄 수 있는 분위기였는데, 나는 대기실에 앉아 순서를 기다리는 동안 온몸에 식은땀이 흐르며 심장이 쿵쾅거렸다. 그리고 그동안 나를 절망하게 했던 정신과 의사들의 얼굴들이 파노라마처럼 머릿속에 지나가며 이번에도 똑같을 것이라는 부정적인 생각이 자꾸 들어 그냥 집으로 돌아가고 싶다는 충동이 몇 번 들었다.

상담실로 들어가자 인상 좋은 여자 선생님이 나를 맞아줬다. 밀폐된 조용한 상담실에 단둘이 앉아있으려니 역시나 또 복통이 찾아왔다. 나는 선생님에게 이러한 질병을 앓고 있다고 말하며 상담실 문을 열어놓고 개방된 상태에서 상담을 받아도 괜찮냐고 물었다. 선생님은 얼마든지 그렇게 해도 된다고 말하며 나른하게 웃어줬다. 내 또래쯤 되어 보이는 선생님의 느릿한 말투를 들으니 어쩐지 조금은 마음이 편해지는 기분이 들었다.

어디서부터 어떻게 얘기를 꺼내야 할지 난감했지만 숨을 한 번 들이쉬고 두서없이 말을 시작했다. 그동안의 의사들과 달리 선생님은 아무 말 없이 오랫동안 내 이야기에 집중해 주었다. 나는 특히 엄마에 대한 애증을 말하며 감정이 격앙되었는데, 엄마의 이기적이고 폭력적인 모습들을 일러바치듯 말하면서도 결론적으로는 이 모든 게 내가 못나고 형편없어서 생긴 일이라는 맥없는 마무리로 이야기를 끝맺었다.

"만약 다안 님과 똑같은 상황인 친구가 있다면, 어떻게 위로해주고 싶으세요?"

내 얘기를 모두 들은 선생님의 갑작스러운 질문에 뭐라고 말해야 할지 몰라 한참을 고민했다.

"엄마에게서… 도망치라고요?"

나는 그렇게 대답하며 선생님의 눈치를 봤다. 선생님은 여유를 두었다가 다시 물었다.

"그럼 이 모든 게 그 친구의 잘못 때문인 게 맞다고도 얘기해줄 건가요?"

결코 그렇게 말하진 않을 것 같았다. 그 친구가 불쌍하고 안쓰러워 안아주고 싶을 것 같았다.

"… 아뇨. 너는 최선을 다했으니까 그렇게 생각하지 말라고 말해주고 싶어요."

나는 이렇게 대답하며 눈물을 쏟았다. 선생님은 내 오랜 울음에도 당황하지 않고 기다려주었다. 마음속에 있던 응어리의 무게가 조금은 가벼워지는 것을 느꼈다.

언니,
잘 지내죠?

정신과에서 상담을 받는 건 여러모로 걱정되는 부분이 많았다. 상담 전에는 안정제를 두 봉지씩 복용하고 언제나 상담실 문을 활짝 열어놓아야 했으며, 어느 날은 30분이 넘게 상담을 받아도 아무렇지 않았으나 어느 날은 5분도 되지 않아 복통이 찾아와 상담 도중 상담실을 뛰쳐나가기도 했다.

수입이 없는 상태에서 상담비와 약값이 나가는 것도 부담이 됐다. 그러나 병원에 가는 것을 그만두고 싶지는 않았다. 눈에 띄게 호전되는 증상은 없었지만, 계속해서 다니다 보면 분명 전보다는 괜찮아질 것이라는 작은 믿음이 마음속에 생겼다.

매일 아무것도 하지 않는 허무한 하루만 보내다가 그래도 일주일에 한 번 외출한다는 것도 나에겐 큰 의미가 있었다. 선생님에게 이런 얘기를 하자 수입에 상관없이 무엇이든 내가 좋아하고 정신을 쏟을 만한 것을 시작해보라고 조언했다. 내가 디자인을 전공했으니 캘리그라피를 시도해 보거나 컬러링북을 채워봐도 괜찮고, 짤막한 글귀나 책을 써보는 것도 좋겠다고 했다.

나는 상담을 끝내고 오는 길에 선생님이 말한 컬러링북을 살 심산으로 집 근처 서점에 들렀다. 서점 입구의 베스트셀러 코너를 지나가며 무의식중에 살펴봤는데 언뜻 봐도 8할 이상이 우울증에 관한 책이었다. 언제부턴가 우울증이 트렌디한 문학 소재가 된 것 같았다. 그건 참으로 고무적이면서도 씁쓸한 일이었다. 유행처럼 생겨난 우울증 치료 일지들로 인해 누군가는 나와 같은 사람이 많다는 것에 위안을 얻지만, 또 다른 누군가는 자신의 심각한 질병이 흔하고 가벼운 이야기가 되는 것에 불쾌감을 느끼기도 하니까. 나 같은 경우에는 후자였다.

베스트셀러 1위라고 당당히 적혀있는 책을 집어 들었다. 저자의 우울증 치료 과정이 담긴 에세이였다. 책장을 촤르륵 넘겨 끄트머리에 쓰여있는 글을 읽었다.

'나는 이제 나를 사랑하는 방법을 알게 되었다. 나는 더 이상 우울하지 않다.'

콧방귀를 뀌며 책을 덮고는 던지듯 내려놨다. 분명 거짓말일 것이다. 괜히 짜증이 나서 사기로 했던 컬러링북도 까맣게 잊고 서점을 나와 집으로 와버렸다.

현관문을 여니 엄마가 걸레로 바닥을 닦고 있었다. 쌀을 씻는 사이 봉봉이가 앉아서 똥을 눴다며 푸념을 늘어놨다. 갓 목욕을 한 듯 털이 축축한 봉봉이가 소파 아래에서 여유롭게 발바닥을 핥고 있었다.

"봉봉! 응가가 마려우면 엄마한테 말을 해야지~ 여기서 하면 어떡해!"

엄마는 혼내는 척 다정하게 말했다. 그리고는 으르렁 소리를 내며 귀찮아하는 봉봉이의 얼굴을 끌어당겨 기어코 뽀뽀를 했다.

"어이구, 이쁜 내 새끼!"

엄마는 봉봉이가 집에 온 그날부터 얘만 보면 모든 시름이 잊혀진다고 버릇처럼 말했었다. 앉은뱅이가 된 봉봉이를 지극정성으로 돌보는 게 요즘 엄마의 가장 중요한 일과인 듯 보였다. 입맛이 떨어진 봉봉이를 위해 매번 닭고기와 북어를 사료에 섞어 주었고, 용하다는 목동의 동물한의원까지 찾아가 우리 형편에 가당치도 않은 비싼 침 치료까지 받게 했다.

"근데 어디 갔다 와?"

나는 엄마 말을 못 들은 척 대답하지 않고 방으로 들어왔다. 몇 달째 매주 월요일에 정신과를 가고 있었는데 엄마는 그 사실을 몰랐다. 하지만 봉봉이의 관절 약을 타러 매주 목요일마다 집 근처 동물병원에 가는 것은 절대 잊지 않았다. 엄마는 항상 봉봉이가 반드시 다시 걷게 될 거라고 말하며 아빠나 내가 봉봉이의 치료에 자신과 같은 관심과 열정을 보여주지 않는 것에 노골적으로 서운함을 비쳤다.

이불을 펼치고 누워 천장을 바라봤다. 셰어하우스의 전등과 다른 모양의 전등 갓 안에 까만 벌레들이 죽어있는 게 보였다. 나는 문득 셰어하우스 아이들의 안부가 궁금해져 오랫동안 삭제해 두었던 SNS를 다시 다운로드 받았다. SNS를 하는 아이들은 A룸의 혜리와 소연이, 그리고 B룸의 유선이와 지민이뿐이었다. 나머지는 SNS를 아예 하지 않거나, ID만 가지고 있었다. 나 역시 계정은 존재했으나 피드에는 아무것도 없었다. 친구들의 계정을 팔로잉해 그들의 삶을 몰래 엿보거나, 동반 자살자를 찾는 글을 검색하는 용도였다.

혜리는 제주도의 게스트하우스에서 아르바이트를 하며 지내고 있었다. 식사와 잠자리를 제공 받는 대신 급여는 얼마 되지 않는 듯 했지만, 푸른 바닷가를 배경으로 웃고 있는 혜리의 모습은 행복해

보였다. 게스트하우스 손님들과 노래를 부르는 동영상을 틀었더니 익숙한 목소리가 들렸다. 혜리는 노래를 참 잘했었다. 혜리의 노랫소리가 꼭 잔잔한 파도 소리 같다고 생각했다.

소연이는 엄마가 마련해준 오피스텔에서 혼자 사는 삶을 SNS에 매일 업데이트하고 있었다. 예쁜 집에서 혼자 살아보는 게 꿈이지만, 위험하다는 이유로 엄마가 허락하지 않는다며 항상 불평했는데 이제는 허락을 해주신 듯했다. 전망 좋은 창가에서 저녁 해가 지는 모습, 드라이 플라워로 아기자기하게 꾸민 화장대, 레이스 달린 이불이 올려진 침대 등이 피드에 가득했다.

유선이는 악착같이 모은 돈으로 투룸을 사서 방 하나에 세를 놓고 사는 중이었다. 역시 알뜰한 유선이답다고 생각했다. 셰어하우스에 있던 것들과 똑같은 디자인의 테이블, 액자, 옷장 등이 사진 곳곳에 보였다. '사랑하는 하메와 즐거운 야식 타임!' 같은 글 위에는 치킨과 피자, 맥주 등이 먹음직스럽게 세팅되어 있었다.

지민이의 계정에는 오로지 아이돌 사진과 동영상밖에 없었다. 지방의 본가로 내려갔던 지민이는 콘서트와 팬미팅을 관람하기 위해 그동안 꾸준히 서울에 올라왔던 듯했다. 아이돌 멤버의 생일마다 축하하고 사랑한다는 내용의 글이 빠짐없이 올려져 있었다. 그 멤버가 이 글을 볼 리가 없는데도 마치 연인에게 말하듯 절절한 대화체로 쓴 게 보였다.

그러고 보니 곧 있으면 그 아이돌의 콘서트 날짜였다. 지민이는 분명 콘서트를 관람하러 서울에 올라올 것이다. 그날 지민이에게 만나자고 해볼까 생각해봤지만 바로 고개를 저었다. 행복하고 설레는 날, 자살을 시도했던 음침한 언니와 굳이 만날 이유는 그 아이에게 없어 보였다. 지민이는 셰어하우스를 나간 이후로 단 한 번도 내게 연락한 적이 없었다.

나는 모로 누워 카톡 앱을 열었다. 오래전 받은 은진이의 메시지만 목록에 있었다. 은진이는 아주 가끔씩 '언니, 잘 지내죠? 저는 잘 지내요' 같은 상투적인 안부 메시지를 보내왔다. 그 카톡은 항상 '우리 얼른 만나요'로 끝맺었지만 언제, 어디서, 몇 시에 만나자는 구체적인 약속은 한 번도 한 적이 없었다. 한참을 고민하다 '은진아 뭐해?'라고 메시지를 보내봤다. 답장은 5시간 뒤에 왔다. 은진이는 아기를 가졌다고 했다. 곧 예정일이라며 무섭고 떨린다고 했다.

나는 장문의 축하 메시지와 이모티콘을 보냈다. 임신을 축하한다는 말을 시작으로 은진이와 예전처럼 오랫동안 대화를 하고 싶었다.

'고마워요, 언니!'

은진이의 짧은 답장은 다음날이 되어서야 왔다. 답장하는 것을 깜빡 잊을 만큼 나와의 대화가 중요하지 않았거나, 일부러 답장을 늦게 주어 이 재미없는 대화는 이쯤에서 마무리 짓자는 의미를 담은 것이지 않을까 생각했다. 피치 못하게 굉장히 바쁜 일이 생겼을 가능성도 있지만, 그랬더라면 답장이 하루나 늦어진 이유를 내게 설명해줬을 것이다.

'은진아, 이번 주중에 우리 만날까? 내가 너 사는 동네로 찾아갈게.'

나는 눈치 없는 척을 했다. 거절당할 수도 있다는 생각은 들었지만, 지금이 아니면 영영 만나자는 말을 하지 못할 것 같았기 때문이다.

기어코 잡아낸 약속 날 아침, 나는 일찍이 일어나 근 1년 만에 화장을 했다. 유통기한이 지난 파운데이션을 얼굴에 치덕치덕 바르고 딱딱하게 굳은 마스카라를 속눈썹에 비비니 꼭 엄마 화장품을 훔쳐 바른 어린아이처럼 괴상하기만 했다. 맞는 옷이 없어 내가 가지고 있는 옷 중에 가장 펑퍼짐한 옷을 골랐는데 살찐 몸뚱이를 숨기기에는 역부족이었다. 마지막으로 입술에 핑크빛 틴트를 바르고 웃는 연습을 해보았다. 거울 속 내 모습이 우스웠다. 신경 안정제를 두 봉지 연속으로 털어 넣었다. 흡사 면접 보기 직전의 사회초년생 모습이었다.

약속 당일, 화장기 없는 맨얼굴로 걸어 나오는 은진이의 배에 자연스레 눈이 갔다. 만삭인데도 살쪄서 나온 내 배보다 작아 보였다. 워낙 마른 체구였던지라 임신을 해도 그리 티가 나지 않았다. 우리는 근처 즉석 떡볶이집으로 들어갔다. 더 좋은 걸 먹어야 하지 않느냐고 묻자 은진이는 여기 떡볶이가 너무 먹고 싶다고 했다.

"딸이래요."

은진이는 배를 쓰다듬으며 배시시 웃었다. 기대와 설렘이 가득한 행복의 웃음이었다.

"어머 너무 예쁘겠다. 온 가족이 아기만 기다리고 있겠네."

"네. 다들 신나서 아기 옷이며 침대며 저 대신 다 사뒀더라고요. 친정에는 제가 쓰던 방이 아기용품으로 꽉 차 있대요."

"남편도 엄청나게 기대 중이지? 아기 낳으면 딸바보 될 게 눈에 훤하다."

"네 맞아요. 요즘 오빠는 허구한 날 아기 옷 쇼핑만 해요 얼마 전에는 4~5살짜리 애들이 입는 옷을 왕창 사 와서 저한테 엄청 혼났다니까요. 아기는 아직 태어나지도 않았는데… 옷이 너무 귀여워서 안 살 수가 없었다나 뭐라나."

나는 웃으며 은진이의 앞접시에 하나 남은 만두 사리를 놓아주었다. 은진이를 만나러 오는 길에 백화점에 들러 아기 옷을 사려고 했는데, 가격이 너무 비싸 그냥 나왔었다.

"그런데 언니는 어떻게 지내요? 너무 내 얘기만 했다."

은진이의 질문에 여러 생각이 머릿속에 교차했다. 어떤 대답이 이 아이가 원하는 대답일까.

"나는 그냥… 병원 다니고 있어. 가끔 원고 쓰는 알바도 하고, 마음 편히 지내."

나는 또 반은 진실을, 반은 거짓을 말했다.

"그렇구나. 언니 얼굴이 좋아 보여요. 마음도 평안해 보이고. 많이 건강해진 것 같아요."

우리 사이에는 잠깐의 정적이 흘렀다. 다 쫄은 떡볶이 냄비를 내려다보며 좀처럼 이어지지 않는 대화를 드문드문 나눴다. 신경 안정제를 과복용했더니 자꾸 눈이 감기고 졸려 하품이 나왔다. 이윽고 할 말이 떨어지자, 우리는 누가 먼저랄 것 없이 헤어지기로 했다.

"조심히 가요, 언니. 우리 또 만나요."

은진이는 버스에 탄 내가 사라질 때까지 정류장에 서서 손을 흔들어주었다. 그 인사는 우리가 마주 보고 하는 마지막 인사 같았다.

시간이 아무리 지나도 은진이는 여전히 몇 달에 한 번씩 내게 잘 지내냐는 질문을 할 것이다. '우리 얼른 만나요'라는 맺음말도 언제나 빼놓지 않겠지. 나는 그 뒤에 영영 다른 말을 보태지 않을 것이다.

얼마 뒤, 은진이는 건강하고 사랑스러운 아기를 낳았다. 카톡 프로필에 올라온 아기 사진은 천사가 따로 없었다. 자신의 몸에서 생명이 태어나는 건, 엄마가 된다는 것은 대체 어떤 기분일까. 자연분만이 너무 무서워서 제왕절개로 낳기로 했다는 말을 지난번 만났을 때 들었었는데, 나도 6년 전 제왕절개나 다름없는 수술을 했던 터라 나름의 조언을 했었다.

20대 중반이었던 6년 전, 나는 한 대학병원에서 자궁내막증 치료를 받으며 난소 및 자궁에 있는 근종을 제거하는 수술을 했고, 이후로 생리가 멈추는 호르몬 약을 2년 동안 처방받아 먹으며 외래로 정기 검진을 받아야 했다. 당시 처음 병원에 입원했던 이유는 배에 복수가 찼기 때문이었다. 일반적인 복수가 아니라 검붉은 피가 섞인 찐득한 복수가 배와 등 전체에 2리터가량 있었고, 그 원인을 찾기 위해 종합병원의 여러 과를 전전하며 할 수 있는 검사는 다 해보았으나 결국 정확한 원인은 찾지 못했다. 그리고 그 검사 과정에서 만난 산부인과 의사에게 심각한 자궁내막증이 있다는 진단을 받았고, 자궁과 난소에 있는 혹을 제거하는 수술을 했는데, 혹 크기가 비정상적으로 커 병원 측에서 연구용으로 가져갈 정도였다. 더불어 불임이 될 가능성이 매우 크다는 말도 들었다. 나는 그때도 아기를 낳지 않겠다는 결심이 굳건했던 터라 불임이라는 단어가 전혀 대수롭지 않았지만 의사의 표정은 예의상인지 제법 심각했었다.

당시 겪었던 입원과 수술 과정들은 아픔이나 두려움이 아닌 외로움으로 기억하고 있다. 이유는 엄마 때문이었다. 그때 나는 대학을 졸업하고 부천에서 혼자 자취를 하며 직장을 다니고 있었고, 아빠와는 의절 상태였으며, 엄마는 광주에서 동생과 살고 있었다. 복수 2리터를 빼기 위해 배에 구멍을 뚫고 호스를 꼽은 채로 입원했을 때도 엄마에게 아무 말을 하지 않았지만, 수술이 불가피해지자 보호자가 필요해 엄마에게 올라올 수 없냐는 부탁을 했다. 엄마는 자신은 수업 때문에 가기 힘드니 수술 동의서는 아빠에게 받고 간병인을 쓰라고 했다. 나는 간병인을 쓰기 싫어 혼자 며칠을 보내봤는데,

나보다 어린 간호 실습 학생의 부축을 받으며 화장실에서 볼일을 봐야 할 때는 수술 부위가 너무 아파 부끄러운 줄도 몰랐다. 엄마는 결국 내가 퇴원할 때쯤 뒤늦게 병원을 찾아왔고, 나름의 미안함을 담아 어색한 친절을 베풀었다. 난생처음 겪는 엄마의 다정한 돌봄에 애처럼 기분이 좋아진 나는 퇴원하지 않고 계속 아팠으면 좋겠다는 철없는 생각을 하기도 했었다.

어쨌든 초경을 시작했던 초등학교 때부터 평생 끔찍한 생리통에 고통받았던 건, 내가 매달 아파 죽을 것 같다고 울어도 항상 신경질을 내며 "아프면 약을 먹어! 나보고 어쩌라는 건데!"라고 소리 지르던 엄마의 무심함 때문이자, 이에 기가 죽어 아픈 티도 제대로 못 내던 나의 미련함이 오랜 시간 동안 자궁의 병을 키워왔기 때문이라는 것을 알게 되었다. 의사가 "그동안 어떻게 참았어요?"라고 안쓰럽다는 듯 물을 때마다 나는 그때의 엄마를 무책임한 가해자로 만들고 싶어 괜히 처량한 표정으로 대답을 대신하곤 했다.

■ ■ ■

어느 날부터인가, 심한 아랫배 통증과 함께 생리일이 아닌데도 하혈을 하는 날이 잦아졌다. 호르몬 치료를 끝낸 이후 몇 년 동안 가끔씩 이런 적이 있던 터라 대수롭지 않게 여기려 했는데, 화장실을 다녀온 지 1분도 안 됐는데도 소변이 미친 듯이 마려웠고 아랫배에 묵직한 돌덩이가 들어있는 듯한 기분이 계속 든다는 점은 처음 겪는 증상이었다. 나는 이 불편함을 견디기 힘들어 며칠 후 엄마 몰래 이전에 수술했던 대학병원에 외래 예약을 잡았다.

6년 사이에 흰머리가 잔뜩 생긴 담당의는 여러 종류의 검사를 받게 한 뒤 결과물들을 찬찬히 살펴보더니 "그동안 정말 고생 많았겠어요"라는 뜻 모를 말을 했다.

결론은, 호르몬 치료를 그만둔 이후부터 또다시 자궁과 난소의 근종이 빠른 속도로 자랐고 자궁에 있는 것은 6년 전보다 훨씬 큰, 거의 태아 수준의 크기라서 계속 방광과 주변 장기들을 누르고 있다는 것이었다. 임산부처럼 소변이 자주 마렵고 배가 무거웠던 것은 또다시 자라난 큰 혹 때문이었다.

"수술 또 해야겠는데. 이 정도면 자궁 들어내는 게 훨씬 쉽고 안전해요. 그런데… 이다안 씨 아직 미혼이죠?"

그건 내가 앞으로 결혼과 임신을 계획할 수 있는 30대 초반 여성이니 당연히 자궁의 보존을 더 바라지 않겠냐는 일방적인 배려가 담긴 질문이었다. 나는 초연히 대답했다.

"저 결혼 계획도 없고 임신 계획은 더 없어요. 어차피 불임 가능성 크다고 하셨잖아요."

"그래도 사람 일은 어떻게 될지 모르니까. 아직 젊잖아. 수술해 보지 뭐."

이런 걸 '답정너'라고 하던가. 그런데 이 까다로운 수술을 본인이 하기는 싫었던 것 같다.

"수술은 나보다 훨씬 잘하는 선생이 대신 맡아줄 거예요. 잘해줄테니 걱정하지 말고."

나는 '아니 글쎄 수술하기 싫다니까요?'라는 말을 차마 의사 면전에 내뱉지 못한 채 바보처럼 인사만 꾸벅한 뒤 진료실을 나왔다. 자식 낳고 건강하게 오래오래 잘 살고 싶은 욕심 따윈 티끌만큼도 없는 나인데. 하루에도 열두 번씩 죽고 싶어 하던 나인데. 자궁 수술이 웬 말인가.

나는 집에 돌아와 엄마에게 의사의 말을 그대로 전했다. 그런데 엄마는 내 얘기를 귓등으로도 듣지 않고 있었다. 이유는 얼마 전 숨넘어가기 직전까지 갔던 봉봉이 걱정 때문이었다.

봉봉이는 걷지 못하게 된 후로 짜증인지 아픔인지 이유 모를 의사 표현을 귀가 찢어지게 짖어대거나 괴상한 소리를 내며 헐떡이는 것으로 대신했다. 문제는 그게 낮이고 밤이고 새벽이고 반복되다 보니 가족 전체가 스트레스를 받고 있었다. 불면증인 엄마는 봉봉이 때문에 잠을 자지 못하는 것에 신경질이 잔뜩 나서 동물병원에 가 수면제를 받아와서 먹였는데, 그게 봉봉이한테 잘 맞지 않았는지 약을 먹고 얼마 지나지 않아 숨이 넘어갈 듯 눈이 뒤집혔다.

엄마는 봉봉이가 행여 죽을까 봐 놀라서 눈물을 흘리고 발을 동동 구르며 동물병원을 찾아가려는데, 나갈 채비를 하고 조금 지나자 거짓말처럼 봉봉이가 괜찮아졌다. 병원에서도 잠깐 쇼크가 왔을 뿐이니 조금 낮은 단계의 수면제를 먹이면 된다고 엄마를 안심시켰다.

그런데도 엄마는 봉봉이 건강에 조금이라도 안 좋은 영향을 끼쳤을까 걱정되어 봉봉이의 일거수일투족에 극성스러울 정도로 신경을 곤두세우다가 티 나게 가슴을 쓸어내리길 반복했다.

"수술하라면 해야지. 근데 봉봉이 때문에 간병인 써야 해"라고 무심하게 대꾸하는 엄마의 눈은 여전히 봉봉이만 보고 있었다.

정신과 진료를 받으러 간 날, 나는 선생님에게 굳이 의미 없는 수술을 하고 싶지 않은 마음과 이런 와중에도 봉봉이 돌보는 것만 신경 쓰는 엄마에 대한 서운함을 토로했다.

"자꾸 나에 대한 엄마의 관심을 강아지와 비교하게 되는 저 자신이 너무 싫어요. 그리고 그 수술 이미 한 번 해봐서 안단 말이에요. 얼마나 아프고 성가신 일인지. 이번에는 훨씬 더 심각하대요. 엄마는 간병인 쓰라고나 하고. 이 수술받을 바에는 차라리 그냥 죽고 싶어요."

그런데 선생님이 그 말이 끝나기 무섭게 픽 하고 웃더니, "자궁 근종이 죽을병은 아니잖아요"라고 말했다. 내 말뜻을 이해 못한 듯한, 그리고 나를 엄살 부리는 애 취급하는 듯한 선생님의 태도에 순간적으로 기분이 상했지만 애써 태연한 척 말을 이었다.

"죽을병이라서가 아니라요. 그러니까 내 말은. 차라리 죽고 싶을 만큼 수술이 귀찮다고요. 그리고 제가 하는 건 간단한 일반 근종 제거 수술이랑 달라요. 장기 유착도 심하고…."

나는 당황한 속내를 숨기고 자신을 변호하기 위해 구차하게 주절주절 떠들었다. 선생님은 내 말을 잠시 들어주다가 "자궁 자체를 들어내세요? 그런다 해도 간단한 수술이에요"라고 말했다. 나는 지금 내가 받게 될 수술이 간단한 건지 심각한 건지를 확인받기 위해 온 게 아닌데. 내 감정 상태는 무시하고 마치 자신이 산부인과 전문의라도 되는 양 구는 선생님의 태도에 화가 나 더 이상의 상담을 그만두기로 하고 상담실을 박차고 나왔다. 이후로 다시는 이 정신과에 오지 않겠다고 마음속으로 다짐하면서.

나는 결국 산부인과 의사와 아빠, 엄마의 당연한 듯한 권고에 무기력하게 자궁 수술을 하기로 했다. 불임이니, 자궁 절제니, 따위의 말보다 이대로 수술을 안 하고 계속 두면 내가 병원을 찾아가게 했던 그 불편한 통증들이 더 심해질 테고, 그 통증을 완화시키는 약값이 수술비보다 더 들 것이라는 의사의 말이 더 걱정스럽게 들렸기 때문이다.

그러나 수술을 위한 입원 전에 MRI를 촬영하는 과정에서 문제가 생겼다. 6년 전에는 아무렇지 않게 했던 검사인데, 기계에 들어가면 극심한 공황장애가 와서 도저히 촬영하지 못하게 된 것이다. 병원 측에서는 소량의 수면제를 투약해 진정된 상태에서 다시 MRI 검사를 받게 했는데, 진정제마저 효과가 없어서 또다시 실패하고 말았다. 그 기계에 반복적으로 들어가는 과정이 너무 무섭고 괴로워서 혼자 병원 대기실에 앉아 한참을 울다가 집에 왔다. 2시간 거리의 병원에서 잔뜩 지쳐 돌아왔는데, 엄마가 나만 기다렸다는 듯 바삐 말했다.

"엄마 모임 좀 다녀올 테니까 봉봉이 잘 보고 있어. 혼자 두지 말고 옆에 꼭 붙어있어. 간식은 아까 줬고, 밥은 이따가 7시쯤 주고…."

나는 그 말을 끝까지 듣지 않고 그대로 주방으로 가 싱크대 밑에서 식칼을 집어 들었다. 그리곤 내 목에 식칼을 대고 꾹 누르고는 낮게 읊조렸다.

"엄마는… 엄마는 내가 지금 당장 죽어도 아무 상관 없지? 이 개새끼만 중요하지?"

그때 내가 그랬던 이유를 지금 묻는다면, 다른 건 없다. 그저 엄마의 관심을 돌리고 싶은 치기 어린 행동일 뿐이겠지. 그러나 그 당시에는 정말 죽고 싶었다. 이대로 엄마가 보는 앞에서 내 목을 칼로 찔러 피가 솟구쳐 오르며 죽을 수 있다면 참 편하고 좋겠다고 생각했다.

"칼 안 내려놔!"

놀란 엄마가 소리 질렀지만 나는 더 깊숙이 칼을 눌렀다. 목 부분에 아무 느낌이 없었다. 엄마는 얼른 달려들어 식칼을 뺏어 들었고, 나는 주저앉아 소리 없이 울었다. 마음과 달리 이렇게 비굴하게 살아 있는 모순이 귀찮고 짜증 났다. 아 정말, 정말로 모든 게 귀찮았다.

자궁에 관하여

6년 전과 달리 내가 수술을 끝내고 나오자 아빠와 엄마가 나를 기다리고 있었다. 엄마가 내 이마를 쓰다듬는 손길이 느껴지는 듯도 했으나, 극심한 통증이 배를 갈기갈기 찢는 것 같아서 눈도 뜨기 힘들었다. 6년 전에 수술했을 때는 분명히 이 정도로 아프지 않았는데, 정말이지 철퇴로 뱃속을 끊임없이 으깨는 듯한 아픔이라는 비유가 과장이 아닐 만큼 너무나 고통스러웠다. 장기들끼리 들러붙어 있는 장기 유착이 심해 자궁 수술 전에 외과의가 한 시간 동안 장기들을 떼어놓는 수술을 먼저 했는데, 이 때문에 더 아픈 것인 줄 알았다.

나중에서야 담당의에게서 양심 고백처럼 들었던 말에 따르면, 배를 여니 초콜릿같이 까맣고 끈적한 복수가 가득 차서 시야 확보가 힘들어 배를 가로·세로로 두 번 갈라야 했고(원래는 기존에 갈랐던 자리만 또 한 번 가를 예정이었다), 난소에 있는 혹을 제거하려면 장을 잘라내야 한다는 외과의의 의견이 있었지만, 어찌 된 영문인지 장을 자르지 않고 난소의 혹은 제거하지 못한 채 그대로 배를 닫았다고 했다. 참으로 복잡하고도 찝찝한 수술 과정이었다.

무통 주사는 고통을 미세하게 줄여주었지만, 속이 울렁거리고 시야가 흐려지는 부작용이 있었다. 이러나저러나 고통스럽기는 매한가지였다. 이불 아래에는 아랫도리가 모두 벗겨 있고 소변줄과 피주머니 4개가 주렁주렁 달려있었다. 종아리에는 혈전을 막는 타이즈가 단단히 채워지고, 배 위에는 무거운 모래주머니가 올라와 있었다. 일주일 가까이 물도, 음식도 먹지 못한 상태로 수액만 맞았고, 입이 마르지 않도록 젖은 가제 수건을 물고 있었다. 나는 아주 작은 미동에도 극심한 아픔을 느꼈고, 그래서 며칠 동안 자세 변동 없이 똑바로 누워있었더니 엉덩이에 커다란 물집들이 잡혔다. 약은커녕 물을 마시는 것도 금지였던 터라 수면제 없인 잠을 못 자는 지독한 불면증이 있던 나는 3일 밤을 꼬박 지새웠다. 결국 의사에게 부탁해 수면제만 소량의 물과 함께 섭취하도록 허락을 받았고, 물을 입가에 질질 흘리며 잘게 부순 수면제를 겨우 꿀꺽 삼켰다. 엄마는 내 그런 꼴사나운 모습을 열심히 간호해주었다. 비록 봉봉이를 대신 봐주기로 한 동생에게 전화해 확인하느라 병실 밖을 자주 들락거렸지만, 봉봉이 때문에 엄마는 병원에 이틀만 있을 수 있다는 말을 행여나 내가 잊을세라 틈만 나면 말했지만, 그래도 환자로 누워있는 나에게 엄마는 다정했다. 병들고 죽고 싶은 나여야만 다정하게 바라봐주는 엄마의 존재는 아무래도 조금 서글펐다.

한 번은 수술 부위를 체크하러 온 간호사가 놀라며 엄마를 쳐다보길래 무슨 일인가 했더니 아래쪽 침대 시트 전체가 피로 잔뜩 젖어있고 커다란 핏덩어리까지 흘러나와 있었다. 계속 이불을 덮고 있고, 아랫배의 통증이 커서 밑으로 피가 흐르는 것도 못 느꼈던 것이다. 피의 양이 너무 많아 수술 부위가 잘못된 줄 알았는데 간호사가 담당의에게 여쭤봤더니 걱정할 일은 아니라고 했다 하길래 그런가 보다 했다. 간호사는 병원 지하에 있는 편의점에서 소변 패드를 사와 시트 위에 깔라고 말했다. 소변 패드는 순식간에 붉은 피로 가득 차 자주 갈아줘야 했는데, 엄마는 매번 제때 그것을 발견하지 못해 시트까지 번지는 일이 태반이었다. 나는 창피하고 수치스러워 한사코 거절하며 내가 하겠다고 했지만, 엄마는 기어코 내 가랑이에 묻은 핏자국들을 표정 하나 변하지 않고 열심히 물수건으로 닦아주었다. 엄마가 없었다면 이걸 누가 해줬을까 생각하니 눈이 질끈 감길

정도로 끔찍했다. 그래도 시간이 조금 지나니 소변 패드가 아닌 생리대 착용만 해도 될 만큼 피의 양이 줄어들었다. 엄마는 편의점에서 생리대 한 뭉치를 사 오더니 멋쩍은 웃음을 지으며 말했다.

"생리대 사본 지가 워낙 오래돼서… 뭐가 뭔지 하나도 모르겠더라."

엄마는 폐경이 온 지 벌써 15년이 넘은 상태였다. 월경을 상실한 늙은 엄마가 과년한 딸의 생리대를 대신 사 오는 모습은 어떤 식으로 포장하더라도 썩 유쾌하지 않은 장면이었다.

3일째 되던 날 이른 아침, 엄마는 자신을 기다리고 있을 봉봉이 생각에 초조한 듯 서둘러 짐을 싸서 집으로 돌아갔다. 내가 아직 거동이 불편하다는 걸 알고 간병인을 쓰라고 말했지만, 모르는 사람과 온종일 붙어있는 건 상상만 해도 스트레스가 생겨 한사코 거절했다.

엄마가 떠나자 6인용 병실의 갖가지 소음이 귓가에 크게 들려왔다. 암에 걸린 아주머니가 휴지통에 대고 구토하는 소리, 20대 초반의 커플이 소곤거리며 장난치는 소리, 교회 신도들이 단체로 찾아와 환자를 둘러싸고 중얼중얼 기도하는 소리 등이 얇고 낡은 병원 커튼 사이로 휘적휘적 넘나들었다. 나는 배를 뚫고 주렁주렁 달린 피주머니가 걸리적거려 옆으로 가지런히 모은 뒤, 조금씩 몸을 움직여

침대에 조심스레 누웠다. 그리고는 엉뚱하게도 제왕절개로 아기를 낳은 은진이와 자궁내막증으로 수술을 한 나와 조기 폐경을 겪은 엄마에 대해 생각했다.

여자란 자궁에서 태어나, 자궁으로 생명을 낳고, 자궁으로 아파하다, 자궁과 함께 상실되는 거구나. 은진이는 임신을 통해 자신의 자궁을 축복이라 여겼을 것이며, 그 아이의 딸 역시 축복받은 자궁을 지니고 어여삐 성장할 것임은 분명하다. 그러나 우리 모두 같은 여자라는 공통적 성별이 무색하게, 나에게만은 자궁이라는 존재의 의미는 실로 끔찍할 뿐이었다.

— 만약 엄마에게 자궁이 없었더라면 나도 영영 존재하지 않을 수 있었을 텐데. 그리고 쓸모라곤 아무것도 없는 내 자궁 또한 존재하지 않을 수 있었을 텐데. 그랬더라면 정말이지 너무나 좋았을 텐데.

여자의 몸에서 여자로 태어난 이래 이 생각은 나를 평생 따라다녔다. 물론 이쯤에서 내가 간과한 것이 있다면, (혹은 일부러 간과하려 했던 것이 있다면) 엄마도 나를 임신했을 때 자신의 자궁을 축복이라 여겼을지도 모른다는 애처로운 추측이겠지.

나는 병원 침대에 기대어 한참을 자궁의 이데올로기에 대해 골몰하다 깜빡 잠이 들었다. 그리곤 내가 초경을 했던 날의 기억을 끄집어낸 꿈을 꾸었다. 20년 전 아득히 먼 옛날의 기억이라 모두 잊어버린 줄 알았는데, 꿈속 풍경이 너무 생생해 현실과 착각될 정도였다.

꿈이 시작된 그날은 아마도 초등학교 4학년의 설날 연휴 중 하루였고, 우리 집에는 외할머니와 외삼촌네 식구들이 놀러 와 있었다. 점심을 먹은 뒤 어른들은 거실에서 커피를 마시며 TV를 보고, 사촌 동생과 나와 내 동생은 방 안에서 윷놀이를 하기로 했다. 그런데 내 말이 윷판에서 선두를 달리고 있을 무렵 갑자기 아랫배가 살살 아파왔다. 애써 참으며 경기에 집중하려 노력했으나 쉽지 않았다. 그리고 갑작스레 기분 나쁜 느낌이 아랫도리를 스치자 나는 승자는 누가 되어도 상관없다는 듯 아무렇게나 윷을 던져버리고 방을 나와 급히 화장실로 들어갔다. 변기에 앉아 바지를 내려보니 속옷이 검붉은 색으로 축축하게 젖어있었다. 나도 모르는 사이에 실수로 바지에 큰일을 본 줄 알고 깜짝 놀랐다. 얼른 이 치욕스러운 증거물을 없애고 싶어 화장실 구석에 자리한 커다란 고무 대야 뒤에 속옷을 구겨 넣어 숨겼다. 태연한 척 화장실을 나와 다시 열띤 윷놀이 현장으로 돌아왔지만 나는 바지 속 '노팬티' 차림을 들킬까 봐 긴장되어 급격하게 말수가 줄어들었다. 아니 그런데, 아까의 그 기분 나쁜 아랫도리 느낌이 또 드는 것이다. 내가 설마 두 번이나 실수를 한 것인가 싫어 가슴이 철렁 내려앉았다.

"나 안 할래."

나는 급기야 윷놀이 중도 하차를 선언하고 어리둥절해 하는 동생들을 뒤로 한 채 다시 화장실로 들어갔다. 두려운 마음을 안고 바지를 내렸더니 아까보다 연한 붉은색이 가랑이에 묻어있었다. '이건 분명 피다. 내가 죽을병에 걸렸나?' 이 상황을 어떻게 받아들여야 할지 몰라 한참을 변기 위에 앉아있었다. 나는 그저 윷놀이를 하고 있었을 뿐인데. 11살이 된 지 불과 며칠밖에 되지 않은 나에게 이건 너무나 큰 시련이었다. 떨리는 손으로 바지를 추켜 올리고 내 방에 들어온 뒤 서글픈 마음이 들어 침대에 털썩 쓰러져 눈물을 흘렸다.

그때 거실에서 어른들이 웅성거리는 소리가 들렸다. 나는 직감적으로 피 묻은 내 속옷을 누군가 발견한 것임을 알았다. 울음을 멈추고 문밖의 동태를 숨죽여 살피고 있던 때, 별안간 외할머니가 방문을 벌컥 열고 들어와 격앙된 목소리로 말했다.

"오메, 쬐깐한 것이 벌써 생리를 한다야?"

생리라니. 아, 그러고 보니 학교 성교육 시간에 배웠던 그 단어가 어렴풋이 생각났다. 그건 나와는 절대 상관없는 아주 멀고도 먼 이야기인 줄 알았는데. 죽을병에 걸린 것이 아니었다는 걸 깨닫고 마음이 놓이는 한편, 친척들이 내 첫 생리의 현장을 적나라하게 목격했다는 것에 이루 말할 수 없는 수치심이 들었다. 나는 결국 이불을 뒤집어쓰고 큰 소리로 울었다. 이 끔찍한 모멸감을 눈물로 덮어버리는 것이 무력한 내가 할 수 있는 유일한 대처였다. 내 울음소리를 듣고 방문 너머에서 외삼촌이 제법 개방적인 어른을 흉내 내는 말투로 외쳤다.

"어이구 다안이 다 컸네, 생리 축하한다!"

그 말을 듣자마자 온몸이 뜨겁게 달궈지며 지금 당장 외삼촌이 땅굴 속으로 깊숙이 굴러떨어져 영영 나오지 못했으면 좋겠다고 생각했다. 나는 애꿎은 외할머니의 팔을 때리며 어서 방문을 닫으라고 소리 질렀다. 자궁은 그렇게 수치스럽고 요란한 기억을 나에게 심어주며 아주 불친절하게 자신의 존재를 처음으로 드러냈다.

▪ ▪ ▪

얼마 뒤 나는 아직 뻐근하게 아려오는 아랫배를 움켜쥐고 퇴원했다. 간호사는 커다란 짐을 들고 입원실을 나서는 내게 질 세정제와 비타민, 수술 부위에 바르는 스프레이 등을 한아름 챙겨주며 여러 주의사항을 안내해주곤 그동안 고생 많았다는 인사와 함께 나를 토닥여줬다.

집으로 돌아와서야 찝찝했던 몸을 구석구석 씻을 수 있었다. 처음으로 커다란 욕실 거울 앞에 서서 수술 부위를 자세히 들여다보는데 나도 모르게 한숨이 나왔다. 아랫배에 커다랗게 새겨진 십자가 모양의 칼자국 옆에는, 복수를 빼고 피 주머니를 꽂기 위해 호스를 넣었던 구멍 자국들이 여기저기 있었다. 게다가 여전히 팔과 허벅지를 감싸고 있는 빨간 실지렁이 같은 튼살 자국과 어우러져 마치 아주 기괴하고도 흉측한 문신을 보는 듯했다. 난 이제 옷을 입은 모습은 물론이거니와 벗은 몸 역시 절대 그 누구에게도 보여줄 수 없게 되었다고 생각했다. 이 징그러운 몸은 당연하게도 타인에게 혐오감을 줄 소지가 다분하니까. 아마 비위 약한 누군가가 내 몸을 우연히라도 보게 된다면 그 자리에서 구역질할지도 모른다.

의사가 말하길, 나는 이제 2년이 아니라 평생이라는 시간 동안 호르몬 약을 먹으며 살아야 한다고 했다. 아이를 가질 계획이 생기면 그때 잠깐 약을 중단할 것이라고 하지만, 내겐 그럴 계획 따윈 없으므로 약으로 만든 인위적인 폐경을 30대 초반에 일찍이 겪게 된 셈이었다.

"아무짝에도 쓰잘데기 없는 새끼들."

어느 연휴 아침, 아빠가 아침밥을 먹으며 큰 소리로 말했다. 나는 방 안 침대에 누워있었기 때문에 아빠의 표정을 볼 수 없었지만, 분명 어릴 적 숱하게 봤던, 익숙한 그 표정이었을 것이다.

동생은 우리가 시흥 집으로 이사 온 뒤 단 한 번을 찾아온 적이 없었다. 연휴이니 한 번 들르라는 아빠의 말에 동생이 핑계를 대며 거절하는 통에 고성이 오가는 통화를 마친 뒤였다.

쓰잘데기 없는 새끼'들'이라는 복수의 문장에는 나도 포함된 것임을 뜻했다. 나는 그렇지 않아도 하루에 오만 번쯤 스스로가 아무짝에도 '쓰잘데기 없는 새끼'라고 생각하던 중이었기 때문에 그 말을 들어도 아무 감정의 변화가 없었다. 자궁 수술 전 정신과 의사의 무례한 태도를 겪은 이후로 정신과 치료를 일체 중단했기 때문에 항우울제를 먹지 않은 지도 한참이 지난 상태였다. 나는 산부인과를 퇴원한 뒤로 계속 우울감과 무기력증에 빠져 아침부터 밤까지 침대에만 있었다. 아빠는 내게 하고 싶던 말을 동생을 핑계 삼아 내뱉은 것 같았다.

믿었던 정신과 의사에게 받은 상처 때문인지 마음속 사회 공포증은 더 딱딱하게 굳어진 듯했다. 이제는 사람을 만나고 관계를 맺으며 사회의 일원으로서 살아간다는 게 어떤 모습인지 상상조차 힘들어졌다. 그것은 이를테면 공상과학 소설에서나 가능한, 나로서는 평생 절대적으로 불가능한 일이라는 생각이 온몸에 강하게 자리 잡았다. 그 누구와도 소통하지 않음으로써 상처받을 필요도, 상처 받을까 지레 겁먹을 필요도 없어진다는 것은 내게 커다란 안도이자 안락함을 주었다. 그러나 무언가 생산적인 활동을 하지 않으면 그 안락함마저 무의미해진다는 것을 너무나 잘 알고 있었다. 한 마디로 나는 세상에 결코 존재하지 않지만 결국 존재하는 인간이기에 숨을 쉬고 있는 한 일종의 합의 과정이 필요했다.

그때쯤 우연히 '브런치'라는 이름의 한 글쓰기 플랫폼 앱을 알게 되었다. 자신이 쓴 글을 앱의 유저들에게, 그리고 세상에 보여주기 위해, 누가 시키지 않아도 꾸준히, 열정적으로 연재하고 있는 이들이 그곳에 엄청난 숫자로 모여 있었다. 내가 놀랐던 것은 그 플랫폼에서 공개적으로 글을 쓰기 위해선 운영자의 테스트를 통과하여 '작가' 자격을 부여받아야만 한다는 사실이었다. 누구는 3번 만에, 누구는 5번 만에 테스트를 통과했다는 후기 글들이 앱 메인화면에 심심찮게 보였다. 이들은 어째서 이토록 간절히 자신의 생각을 글로 써 남들에게 보여주고 싶어 하는 것일까?

나는 그동안 잡지와 콘텐츠 에디터로서 상품을 어필하기 위한 이야기들은 숱하게 써왔지만 '나'에 대한 이야기는 단 한 번도 써본 적이 없었다. 그 흔한 일기조차도 써본 적이 없어 초등학교 때 강제로 썼던 방학 일기가 마지막이었고, 하다못해 플래너의 네모 칸 안에 오늘 있었던 일에 관한 짧은 메모조차 적지 않았다. 평생이라는 시간 동안 내 일상이 매우 부끄럽고 거짓으로 일관되어 있다는 생각을 해왔기 때문에, 그것을 있는 그대로 솔직하게 '기억'하고 '기록'하는 것은 정말이지 수치스럽고, 나아가 두렵기도 했다.

그런 내가 이 플랫폼에 에세이를 연재해보기로 결심했다. 내가 두려워하는 수많은 것들 중에서 그나마 가장 겁이 덜 나고 접근하기도 쉬운 일이라는 생각이 들었기 때문이다. 아무리 노력해도 자살에 대한 동경과 우울의 늪에서 벗어나지 못한 채 비루한 삶을 연명하고 있는 내 모습을 익명이라는 장치를 방패 삼아 세상에 한 번이나마 고백해보고 싶었다. 그래서 간절히 죽고 싶지만 끝내 죽지 못한 채, 그저 매일 아침 부끄러운 마음을 안고 눈을 뜨는 삶에 대한 당위성을 찾아보는 도전에 한 발짝 다가서고 싶었다.

글을 쓰기 위해 가장 먼저 넘어야 할 산은 작가 테스트였다. 재수 정도는 필수로 해야 할 줄 알았는데, 결과 발표까지 2주 정도 소요된다는 안내와 다르게 반나절도 되지 않아 합격 메일을 받았다. 내 작문 실력이 그렇게 형편없는 건 아니구나 싶어 괜히 뿌듯한 기분이 들었다. 에세이를 써보기로 마음먹으면서 가장 먼저 떠올랐던 장면은, 지독히도 더웠던 여름날 주체못할 눈물을 흘리며 카페에 앉아 유서를 쓰던 내 모습이었다. 몇 번을 썼다 지웠다를 반복하며 망설이다가 기어코 그날의 기억을 글로써 기록하게 된 순간, 다시금 그때의 비참한 내가 되어 눈물이 났다. 그 눈물은 마치 더위를 피해 들어선 카페 안의 시원한 에어컨 바람처럼, 몸 구석구석을 파고들어 뜨거운 마음의 열기를 식혀주는 일종의 카타르시스 같았다.

나는 플랫폼에 프롤로그와 에필로그를 포함한 총 32편의 짧은 에피소드를 연재했다. 연재하는 내내 폭발적인 인기를 얻거나 많은 구독자가 생긴 것은 아니었지만 가끔씩 달리는 정성 어린 장문의 댓글을 발견할 때면 신기하고 이상한 기분에 사로잡혀 한참을 멍하니 바라봤다.

'빨려들어 갈 듯 몰입해서 읽었어요. 최근에 접한 그 어떤 글보다 공감되고 마음을 울리는 글이에요', '글을 읽으며 몇 번을 울었는지 몰라요. 누구보다 공감하고 위로받았어요', '작가님은 앞으로도 계속 글을 써주셔야 해요. 아픔과 상처를 아는 사람만이 쓸 수 있는 글을요'와 같은 문장들은 내가 여러 상담소와 정신과를 전전하며 그토록 간절히 갈구했던 위로의 말들보다 가깝고 또 진정성 있게 다가왔다. 그들과 나는, 우리는 서로에게 위로가 되었다.

아픔을 위로하는 유일한 것은 아픔이다. 삶의 벼랑 끝으로 내몰린 이들에게 필요한 것은 이 세상 어딘가에 나와 같은 아픔을 겪고 있는 이가 또 존재한다는 '유대의 감정'이다. 햇살 아래에서의 산책 같은 소확행이나 주유구에 꽂아대는 듯한 기계적인 희망 주입은 절대 고통의 어둠 속에서 숨죽여 울고 있는 이들에게 작은 빛조차 될 수 없다.

■ ■ ■

브런치 플랫폼에는 작가의 메일을 통해 '출간, 강연, 협업'과 같은 제안을 할 수 있는 시스템이 있었는데, 나에게는 그러한 제안이 아닌 자신의 우울에 관한 넋두리를 좀 들어달라는 장문의 편지들만 자주 왔다. 굳이 댓글이 아닌 메일을 보내는 이유는 대부분 내용이 너무 길거나, 나와 좀 더 긴밀하게 연락을 주고받기 위해서였다. 나는 그러한 메일마다 모두 내 선에서 최선의 위로를 담은 답장을 전했지만, 가끔은 대체 어떻게 대답해야 할지 난감한 메일들도 있었다.

이를테면 밑도 끝도 없이 자신의 휴대폰 번호를 남기고 '연락 기다리겠습니다'라는 문장만 덜렁 보내거나, '이 메일을 보실 때쯤이면 저는 자살했을 겁니다' 같은 끝맺음을 남기는 메일들이었다. 그런 경우를 겪을 때면 난감함을 넘어 불쾌함이 들 때도 있었지만, 오죽 힘들었으면 얼굴도 모르는 나에게 이러나 싶어서, 그리고 행여나 지푸라기라도 잡는 심정으로 보낸 메일을 내가 가볍게 외면해버리는 게 아닌가 싶어서 모두 대꾸해주었다.

연락처만 덜렁 남겼던 사람은 20대 후반의 남자였는데, 자신은 화목하고 부유한 가정에서 부족함 없이 자랐으나, 목표로 했던 명문대를 가지 못하면서 스스로에 대한 자괴감 때문에 대학을 가지 않고 군무원이 되었다고 했다. 일하면서 특별히 힘든 점도 없었고, 부모님은 무엇을 하든 다 지원해줄 테니 언제든 하고 싶은 게 생기면 말만 하라고 항상 토닥여준다고도 했다. 그러나 자신은 이 일상이 너무나 무료하고 지겨워서 간절히 죽고 싶다고 했고, 혼자서 죽기는 무서워 동반인을 찾고 있으니 내가 그 동반자가 되어주길 원한다고 했다.

그 남자가 생각하는 자살 방법은 고통 없이 죽을 수 있다는(그렇게 믿고 있는) 질소 흡입이었고, 대량의 질소를 구입할 수 있는 지방의 어느 공장도 알아냈으니 차를 타고 함께 가져오자면서 흥분된 상태로 자신의 계획을 늘어놓았다. 그리고는 인터넷으로 검색해 찾아낸 듯한 질소 흡입으로 자살한 적나라한 시신 사진들을 내게 예고도 없이 무더기로 보냈다.

최대한 침착하게 그 남자의 이야기를 들어주려 애쓰던 차에, 무방비 상태로 시신 사진을 맞닥뜨리니 너무 충격적이고 화가 나 나는 곧바로 아무 말 없이 그 남자의 연락처를 차단했다.

'이 메일을 보실 때쯤이면 저는 자살했을 겁니다'라는 메일을 보냈던 사람에게는 답장해야 할지 오래 고민했다. 그 사람의 말대로 이미 자살한 뒤라면 내 답장을 읽을 수 없을뿐더러 더 나아가 자살 방조가 될 수도 있고, 만약 자살하지 않았거나 실패했다면 내가 아니라 그 누구라도 이 사람에게 대화의 상대가 필요할 것 같았기 때문이다. 그런데 나는 직감적으로 이 사람이 아직 자살을 시도하지 않았을 것 같다는 생각이 들었다. 한참을 고민한 끝에 결국 내 카톡 아이디와 함께 살아있다면 여기로 연락 달라는 답장을 보냈다.

역시나 카톡은 곧바로 왔다. 내게 메일을 보낸 뒤 자살을 시도했으나 실패했다면서 자신이 죽으려 했던 이유는 희귀암으로 죽은 여자 친구 때문이라고 했다. 너무나 사랑했기에 그리움 때문에 현실을 살아가기가 힘들어 자살 시도를 여러 차례 했고, 그로 인해 주변인들도 지쳐서 모두 자신을 떠났다고 했다. 그런데 그의 얘기를 듣자 하니 뭔가 익숙한 기시감이 들었다. 얼마 전 모 케이블 예능에 등장했던 한 남성의 사연과 똑같았다. 프로필 사진과 당시 예능 캡처 화면을 비교해보니 더욱 확실했다. 그는 얼마 전까지 인터넷에서 논란의 중심에 있었다. 그의 지인이라고 주장하는 사람들 다수가 말하기를, 그는 심각한 허언증에 걸렸다고 했다. 여러 풍문이 많았지만 가장 충격적이었던 것은 여자 친구의 영정 사진에 자신의 사진을 합성한 뒤, 자신이 자살해 죽은 척하고 이로써 관심을 받으려 했다는 이야기였다.

혹시 TV 예능 프로그램에 나왔던 그 사람이 맞냐고 묻자, 그는 당황한 듯 대뜸 '제가 불편하시다면 연락하지 않으셔도 됩니다'라는 아리송한 대답을 했다. 나는 '만약 인터넷에 떠도는 얘기들이 사실이라면 치료가 필요해 보이니 저보다는 정신과 상담을 받아보세요'라고 다소 냉랭한 투로 메시지를 보냈고, 그는 '조언 감사합니다'라는 답과 함께 싱겁게 사라졌다.

가스라이팅

마지막으로 메일에 답장을 준 사람은 30살의 여자였다. 마지막이 된 이유는, 이 여자와의 연락을 계기로 내가 브런치 플랫폼의 메일 제안 서비스를 아예 차단해버렸기 때문이다.

결론부터 말하면, 나는 단 한 번도 실제로 만나본 적 없는 그녀에게 문자와 전화만으로 몇 달에 걸쳐 끔찍한 '가스라이팅'을 당했다. 그녀에게 비로소 벗어날 수 있었던 것도, 어이없지만 내가 그녀에게 돈을 빌려준 게 계기가 되어 마침내 그녀가 스스로 나를 떠나준 덕분이었다.

그녀의 메일은 첫 번째 남자처럼 자신의 휴대폰 번호와 함께 연락 달라는 단 한 문장이 전부였다. 맨 처음 그녀는 자신도 나처럼 불행한 가정사를 가지고 있다면서, 이혼한 부모가 우울증으로 힘겨워하는 자신을 좀처럼 이해해주지 못하는 것에 너무 화가 난다고 푸념했다.

그런데 대화를 할수록 특이했던 것은, 그녀는 우울감에 대한 토로보다 본인의 스펙에 대한 자랑을 훨씬 자주 열거하고 강조했다는 점이었다. 자신은 모 지방 대학 총재의 딸이자 명문고와 명문대를 졸업한 수재이고, 여태 한 달 용돈으로 수천만 원을 받으며 살아왔다고 전했다. 이러한 사실을 굳이 내게 증명하기 위해 명문대를 졸업한 명품 콜렉터라는 타이틀의 인플루언서로 이름을 날리던 때의 인터넷 기사나 자신의 부모님 스펙이 나와 있는 포털 사이트 프로필을 캡처해서 내게 보내며 '내가 이런 사람이다'라고 노골적으로 과시하기도 했다. 게다가 자신보다 예쁜 여자는 세상에 없다는 착각에 진심으로 단단히 빠져 있어서, 내가 달라고 하지도 않은 본인의 사진을 수차례에 걸쳐 보내고는, 여배우들과 비교해 자신과 이들 중 누가 더 예쁘냐는, 이미 답이 정해진 유치한 질문을 병적으로 반복해서 묻고 또 물었다.

무엇보다 그녀는 다른 사람들과 달리 한 번의 상담으로 대화를 마치려는 게 아니라, 친구처럼 지속적이고 오랜 연락을 주고받길 원하고 있었다. 사실 그때 나는 앞의 두 남자로 인해 독자의 메일에 답장하는 것에 큰 회의감이 들던 때였고, 나르시시즘에 빠진 여자애의 시답잖은 얘기를 들어주며 감정 소모를 할 바에는, 우울증으로 인해 전화번호를 바꾸고 일방적으로 연락을 차단했던 죄 없는 내 진짜 친구들에게 먼저 연락하는 게 더 낫겠다는 생각부터 들었다.

'죄송하지만, 저는 누군가와 이렇게 오랫동안 대화하는 것에 아직 큰 피로감을 느낍니다. 전문의도 아니기에 더 이상의 조언도 조심스럽고요. 이쯤에서 연락을 끝냈으면 좋겠습니다.'

나는 단호하지만 최대한 정중히 말했고, 그렇게 그녀와의 인연은 거기서 끝난 줄 알았다. 그런데 예상과 달리 그녀는 내 말에 충격이라도 받은 듯 갑자기 애처롭게 매달리기 시작했다.

'제발, 제발 연락 끊지 마세요. 저 언니한테 바라는 거 아무것도 없어요. 위로 같은 거 안 해줘도 돼요. 그냥 나와 같이 상처받은 존재가 이 지구상에 있다는 사실. 그리고 그 사람이 내 곁에 있다는 그 사실 하나만으로 죽고 싶은 생각이 사라지고 마음이 편해져서 그래요.'

오타를 남발하고 있었다. 나는 급하게 카톡을 적어 내려갔을 그녀의 모습을 떠올리며 연민과 죄책감을 동시에 느꼈다. 누군가가 나를 이토록 필요로 했던 적이 있던가. 그녀의 과도한 자기 어필은 그저 내 호감을 사기 위해 선택했던 유아적 방법이었을 것이라는 생각이 들었다. 그게 시작이었다.

그녀는 아침에 눈을 뜨고 나서부터 잠들기 전까지 한순간도 빼놓지 않고 나에게 카톡을 보냈다. 마치 그녀의 세상에 존재하는 사람은 오직 나 하나인 것처럼 나에 대한 모든 것을 자신과 공유하고 싶어 했다. 그녀는 내가 연재했던 에세이를 최소 3번은 반복적으로 읽었다고 말했고, 그로 인해 알게 된 나의 가정사와 관심사 등을 수시로 언급하며 자신이 나에 대해 매우 잘 알고 있다는 것을 강조했다. '언니가 너무 좋아', '언니랑 얼른 만나고 싶어', '언니랑 대화하면 나 자신이 맑아지는 기분이야' 같은 말을 틈만 나면 쏟아내는 그녀를 대하면, 마치 온종일 주인이 오기만을 현관문 앞에서 오매불망 기다리는 강아지를 보는 기분이 들었다. 나는 보상의 의미로 간식을 던져주듯 그녀의 애정 표현에 문자나 전화로 다정히 답해주었다.

우리 사이가 가까워지자 그녀는 기함할 만한 자신의 치부까지 가감 없이 내게 공개했다. 아니, 애초에 그게 치부라고 여기지 않았기 때문에 내게 말한 것이었다. 그녀는 자신이 취업하지 않고 온갖 사고만 치고 다니자 어느 순간 용돈이 끊겼고, 그동안 사치 부리던 삶은 유지하고 싶어 술집에서 일했다는 이야기를 굉장히 당당한 태도로 말했다. 그러면서 온갖 더러운 화류계 은어로 가득한 카톡 대화창을 캡처해서 보여주더니 '아는 오빠가 나 이제 늙어서 술집에서 안 받아줄 거라고 약 올려. 나 예뻐서 충분히 가능한데'라는 말을 보탠다던가, '코로나 때문에 술집 못 나가서 부산 아빠 집에 용돈 받으러 갔는데, 집에서 식모로 일하는 할머니가 자꾸 갈궈서 빰 때려줬어'라고 전하며 자신이 80대 노인의 빰을 때린 사실에 함께 통쾌해하며 웃어주기를 바라기도 했다. 그뿐만 아니라 자신이 도벽이 있어 물건을 훔치다 여러 차례 경찰서에 간 적이 있다던가, 낙태 수술비를 아는 언니에게 빌렸으나 돈이 없어 계속 못 갚는 통에 독촉을 받아 짜증난다는 등의 말을 마치 날씨 얘기하듯 태연히 내뱉었다.

나는 그런 얘기를 들을 때마다 그녀에게 정이 떨어지다 못해 혐오감이 들어서 '너는 그걸 지금 자랑이라고 떠드는 거냐'며 화를 내곤 일방적으로 차단했다. 내가 이런 저급한 부류와 한때 즐거운 표정으로 연락을 주고받았다는 것에 환멸스러웠다. 그런데 내가 차단을 할 때마다 그녀는 새로운 번호를 자꾸 다시 생성해서(나중에 알게 된 사실이지만 그녀는 번호를 무제한으로 새로 만들 수 있는 통신사 서비스를 사용하고 있었다) 내게 애걸복걸하며 미안하다고 제발 자신을 버리지 말라고 애원했다. 내가 그 연락마저 차단하면 급기야 '내 연락 계속 안

받아주면 자살할 거야. 유서에 언니 때문에 죽는 거라고 쓰고 죽을 거야. 진심이야'라는 협박 메일을 수차례 보냈다. 그럼 나는 혹시나 그녀가 진짜로 자살할까 봐 화나는 감정 반 걱정되는 감정 반으로 답장을 했고, 그녀는 앞으로 다시는 언니를 실망시키지 않겠다는 약속을 하며 용서를 받아냈다. 그리곤 '이런 얘기 언니한테만 한 거야. 언니는 다 이해해줄까 봐. 솔직하게 다 말하고 싶어서'라는 말을 덧붙였는데, 이것은 마치 평생을 가면 속에 살면서 진실한 소통의 상실에 지쳐있던 내 모습을 마주하는 것 같아 이상한 동질감을 느끼게 했다.

나의 연민에 의해 시작된 우리의 관계는 점점 비정상적인 형태를 띠며 서로에게 긴밀하고 깊숙이 빠져들었다. 급기야 그녀는 내게 '언니를 이성으로서 사랑한다'라고 말했다. 자신은 언제나 남자를 만나왔지만, 그리고 나보다 가깝게 지냈던 동성 친구들이 있었지만, 이런 감정은 난생처음이라며, 나와 대화하면 남자 친구와 연애하는 기분이 들어 설렌다고 했다. 급기야 나와 사귀고 싶고, 잘해주고 싶고, 같이 자고 싶다고 말했다. 그리고는 자신의 벗은 가슴 사진과 야한 속옷을 입은 사진을 보내며 이런 걸 보면 어떤 감정이 드냐는 질문까지 덧붙였다.

나는 너무 놀라고 황당해서 대체 내게 이런 말과 이런 사진을 왜 보내느냐고 따져 물었고, 그녀는 '난 언니가 뚱뚱하든 못생기든 어떤 모습이든 상관없이 사랑해. 내 집에 와서 같이 살자. 내가 데리러 갈게'라는 회신을 보냈다. 말도 안 되는 소리 말라고 정색을 했어야 맞는데, 순간적으로 '뚱뚱한 내 몸을 보고 얘가 싫어하면 어쩌지?'라는 생각을 하는 나 자신에게 소름이 끼쳤다.

'언니도 나를 이성으로서 사랑하잖아. 그러니까 여태 이렇게 나랑 연락하고 있는 거잖아.'

그녀의 말에 나는 말문이 턱 막혔다. 정말 나도 이 아이를 사랑하나? 나는 분명 여태 남자만을 사랑해왔는데, 직접 만난 적도 없는 여자에게 사랑이라는 감정을 느낄 수 있는 것일까? 그녀는 계속해서 내게 '우리는 결국 양성애자'라는 말을 주입했고, 나는 그것을 이상할 정도로 금세 인정하기로 했다. 사실, '양성애자'라는 말은 어디까지나 그녀를 받아들이는 명분에 불과한 단어였다. 나는 내 모든 치부를 낱낱이 알고 있음에도 불구하고 그 모든 것을 개의치 않고, 오로지 나라는 인간 자체를 인정하고 사랑해줄 사람을 마음 한구석에서 애타게 찾고 있었다. 누군가가 가면을 벗은 내 모습마저 간절히 원하고 있고, 또 그것이 내 오랜 바람이었다는 것을 깨달은 순간, 그 사람의 성별이 여자든, 내가 평소 경멸해왔던 인성을 가졌든 그런 건 아무래도 상관없어져 버린 것이다.

그녀가 차가 생기는 다음 달에 나를 보러 찾아오겠다고 약속한 지 며칠이 지났을 무렵, 갑자기 카톡 화면을 줄줄이 캡처해서 내게 보냈다. 자신이 위암 초기 판정을 받아 약값과 수술비가 필요하다고 말했지만, 가족은 물론 친구들 모두가 그녀에게 돈을 빌려주지 않고 냉정히 대하는 내용이었다. 위가 너무 아픈데 죽 사 먹을 돈도 없어 일부러 온종일 잠만 잔다고 했다. 나는 그녀 집에 수억 원대의 명품 백들이 쌓여있는 것을 사진으로 봤기 때문에 그 말을 믿을 수 없었다. 하지만 그녀는 그 백들은 보증서가 없어 팔기가 어렵다는 핑계를 댔다. 더불어 자신은 엄마의 이혼 소송 시 보증을 서주어서 신용불량자가 되었기 때문에 대출도 어려우니 내가 대신 돈을 대출받아 빌려줄 수 없냐는 부탁까지 했다. 정말이지 어이가 없었다.

내가 얼마나 가난한지 뻔히 알면서도 그런 얘기를 꺼내는 그녀가 경멸스러워 연락을 끊으려 했지만, 언제나 그렇듯 자살하겠다는 말로 협박한 뒤 결국 용서를 구하는 방식으로 나를 계속해서 괴롭히면 난 또 바보같이 그 뻔뻔한 부탁을 뿌리치지 못했다.

'언니마저 나를 버리면 난 세상에 기댈 사람이 아무도 없어. 언니도 잘 알고 있잖아. 내가 언니라면 고민할 것도 없이 당장 빌려줬

을 텐데 정말 너무해. 제발 나 좀 살려줘!'

반복된 그녀의 애원을 도무지 외면할 수 없었던 나는 결국 수중에 있던 전 재산을 그녀에게 송금했다. 반드시 2주 안에 갚을 수 있다면서 그녀는 내게 등본 사진까지 보내고 '그때까지 안 갚으면 나 잡으러 와'라고 장난스레 덧붙였다.

벌어둔 돈을 병원비 등으로 다 까먹은 지 오래인지라 내가 가지고 있던 돈은 100만 원이 채 되지 않는 소액이었지만 통장 안에 있는 천원 단위까지 탈탈 털어 보내주곤 위에 안 좋으니 밥은 꼭 챙겨 먹으라는 말까지 남겼다. 그런데 막상 돈을 빌려주니 내 마음에 미묘한 감정 변화가 생긴 것을 느꼈다. 설명하기 힘든, 불신과 믿음의 경계에 있는 불안한 감정들….

돈을 갚기로 한 하루 전날, 나는 노파심이 들어 '돈 잊지 말고 꼭 갚아줘. 당장 내야 할 생활비들이 있어'라고 전했지만 아무런 답이 없었다. 그리고 갚기로 한 날, '나중에 갚을 테니까 제발 독촉하지 마'라는 당당하기 그지없는 메시지를 받았다. 곧바로 전화를 수십 통 했지만 역시나 받지 않았다. 그제야 나는, 그녀를 믿을 수 없었음에도 이를 애써 부정했던 내 어리석은 진심을 깨달았다. 그리고 그녀가 주장했던 사랑이라는 어불성설에 속아 몇 번을 차단하고 다시

받아주기를 반복했던 내 우유부단함이 한심해 견딜 수 없었다.

나는 과거 그녀가 내게 보낸 아버지와의 문자 메시지 캡처를 기억해내 거기에 적혀있던 전화번호로 연락을 해 결국 그녀의 아버지로부터 돈을 받아냈다. 하지만 그 과정에서 그녀와 온갖 욕설과 협박을 동반한 싸움을 했고, 서로에게 씻을 수 없는 상처의 말들을 남겨야 했다.

그리고 알게 된 것은, 그녀는 용돈을 끊은 부모에게 돈을 안 주면 자살하겠다는 거짓 협박을 여러 차례 했고, 더는 그 방법이 먹히지 않자 주변인들에게 나와 같은 방법으로 돈을 빌리고 갚지 않는 일이 비일비재했다는 사실이었다. 이러한 일들이 계속 반복되자 가족들은 그녀가 자신의 거짓말에 중독된 리플리 증후군과 같은 망상증에 빠져 있다고 생각해 정신병원에 입원시키려는 계획을 세우고 있었고, 뻔뻔하게도 내게 그녀를 입원을 시킬 수 있도록 도와달라는 부탁을 하기까지 했다.

조증과
울증

나는 가스라이팅 사건 이후로 오히려 마음이 단단해졌다. '죽을 마음도 없으면서 자살로 주변인들을 협박하며 기생하는 그 비겁한 여자처럼은 절대 살지 말아야지'라는 생각이 들었달까. 끔찍했던 그녀의 굴레에서 드디어 벗어났다는 사실이 나를 자유롭고 홀가분하게 했고, 그 감정이 '지금보다 나은 내가 되고 싶다'라는 욕심을 가지게 하는 원동력이 되었다.

그리고 어느 날 문득, 그 원동력을 엔진 삼아 브런치에 썼던 글을 모아서 정식으로 책을 출간해야겠다는 결심을 했다. 그곳에 에세이를 올리고 나서 불미스러운 일을 다수 겪기는 했지만, 글을 쓰며 독자들과 댓글을 주고받던 낯선 경험은 내 침체된 인생에 활력을 가져다준 아주 드문 순간들이었다. 나쁜 사건들은 전화위복이 되어

비로소 나를 살아있게 만들어줄 것이라는, 나답지 않은 다소 진취적인 생각도 들었다. 현재 내가 할 수 있는 유일한 생산적 활동을 보란 듯이 해내고 싶었다. 감옥에서 출소하면 세상 모든 게 다 가능할 것 같은 기분이 든다고 했던가. 그녀의 감옥에서 탈출한 나는 염세적이었던 과거는 모든 잊은 듯 '혹시 알아? 내가 하루아침에 엄청난 베스트셀러 작가가 돼서 집안 빚을 다 갚을 수 있을지'라는 매우 허무맹랑하지만 유쾌한 희망도 난생처음 품어 보았다.

출판에 관한 지식이 전혀 없어 인터넷으로 이와 관련한 이런저런 정보들을 알아보았다. 투고하기 위해서는 원고 말고도 출판 기획서를 작성해야 한다길래 나름대로 양식을 만들어 순식간에 별 고민도 없이 기획서를 완성했다. 마지막으로는 서점에 가서 에세이 출판사 목록을 취합한 뒤 메일로 기획서와 원고를 전달했다. 이로써 일단 내가 할 몫은 끝났고, 이제 출판사의 회신을 기다리면 되었다. 보통 최소 한 달은 기본으로 기다려야 연락이 오거나 아예 답장조차 오지 않는 게 태반이라고 들어서 일단 메일을 보내고, 당분간은 잊고 지내려 했다. 그런데 세상에, 메일을 보낸 지 반나절도 지나지 않아 무려 두 곳에서 출간하고 싶다는 연락을 받았다. 모든 게 빠르고 신속하게 진행됐다. 나는 이 모든 과정에 격렬하게 흥분되었다. 집

안마저 평화롭다. 아빠는 성실하게 출근하고, 엄마도 간단한 소일거리로 생활비를 벌며 여유를 즐기고, 봉봉이도 이제 약에 적응을 했는지 끙끙거리는 횟수가 적어졌다. 게다가 이 집안의 가장 문제 덩어리인 내가 드디어 무언가를 하기 시작했다! 더군다나 항우울제를 일체 복용하고 있지 않은데도, 오직 나의 힘으로 내가 할 수 있는 것을 찾아내고, 그 모든 과정의 계단을 조금씩 오르고 있다. 이것이야말로 모든 우주의 기운이 나를 돕고 있는 게 아닌가!

나는 이 즐거운 기분을 주체하지 못하고 곧바로 휴대폰 SNS 메신저 앱을 다운로드 받았다. 오래전에 지웠던 앱에는 내가 일방적으로 연락을 끊었던 친구들로부터 '왜 연락이 안 돼?', '무슨 일 있는 거 아니지? 전화도 안 되고', '걱정되니까 이거 보면 바로 연락해' 같은 메시지들이 쌓여있었다. 나는 모두에게 답장하려다, 일단은 가장 최근에 메시지를 보낸 L의 아이디를 터치했다. 바뀐 휴대폰 번호를 알려주고 카톡으로 오랜만의 수다를 떨었다. 그동안 집안에 안 좋은 일이 있었으나 지금은 다 해결됐다면서, 재미있는 추억 떠올리기 삼매경에 빠져 밤늦게까지 이야기를 나눴다. 주말에 만나서 맛있는 것 먹고 쇼핑도 하자고 했다. 드디어 내게도 행복의 기운이 오는 건가 싶어 벅찼다. 이제 정상적인 삶을 살 수 있을 것 같아 기뻤다.

그런데, 그런데 실은 그게 아니었다. 사실 지금에서 돌이켜보면 당시의 나는 정상이 아니었다. 나는 아마도 이때 잠시 조증을 앓았던 것 같다. 여기서 더는 쓸모없어지면 안 된다는 압박감을 무너뜨리고, 마음속의 불안을 약 없이도 충분히 다스릴 수 있는 똑똑하고 강한 사람이라는 것을 증명하고 싶은 마음에 철저히 결박되어 있었다. 나를 무시하고 상처 주고 괴롭힌 모든 이에게 내가 얼마나 재능이 넘치는지 보여주고 싶어 극도로 예민해진 상태였다.

그때의 나를 이렇게 말할 수밖에 없는 이유는, 이러한 고도의 흥분 상태에서 눈 깜짝할 사이에 처참한 공포의 나락으로 빨려 들어가는 것을 경험했기 때문이다. 나조차도 이해할 수 없는, 비정상적으로 급격한 감정의 변화였다. 마치 누군가의 강력하고 야멸찬 발길질 한 번에 '억' 소리도 내지 못한 채 천국에서 지옥으로 단 1초 만에 나가떨어져 버린 듯했다.

감정이 순식간에 바닥으로 치달았던 이유는 아빠의 갑작스러운 실직 때문이었다. 다니던 회사의 사장이 법정 분쟁에 연루되면서 얼떨결에 아빠까지 직장을 잃게 된 것이었다. 엄마는 아침마다 출근하는 아빠의 뒷모습을 보며 항상 "저거 파리 목숨이다, 파리 목숨. 언제 잘릴지도 모르는 회사"라고 농담 섞인 넋두리를 했었는데 엄마의 말이 진짜가 되어버렸다. 아빠는 정말 한낱 파리보다 힘이 없는 사람이었다. 이 과정에서 우리를 더 힘들게 만들었던 것은 죄 없는 아빠까지 상대방 측에 피해 보상을 해야 한다는 내용증명서가 날아온 것이었다. 아빠는 발등에 불이 떨어져 온종일 전화기를 붙잡고 알 수 없는 얘기들을 하며 초조해했고, 노동청을 비롯해 법률 자문을 도와줄 사람들을 찾아다니느라 정신이 반쯤 나가 있었다. 나는 그런 아빠를 보며 극심한 불안감에 빠졌다. 돈, 돈, 돈…. 우리한테는 돈이 없는데. 이제 좀 겨우 살 만해졌는데. 이러면 안 되는데. 정말 안 되는데….

나는 그때 출판사와 계약을 앞둔 상태였는데, 무슨 이야기를 쓸지 에피소드가 끊임없이 번뜩이며 떠오르던 초창기와 다르게 아빠의 실직 이후로는 정말 아무것도 끄적거릴 수 없을 정도로 정신이 멍하고 속에서 부아가 치밀어 말 그대로 미쳐버릴 것만 같았다. 갑자기 무엇에라도 씐 것처럼 글을 써야 한다는 생각만 하면 짜증 나고 괴로워 자해하고 싶은 충동까지 느꼈고, 분을 못 이겨 스스로 뺨을 때리다가 결국은 베개에 얼굴을 처박고 소리를 질렀다.

셰어하우스의 2층 침대에 누워서 자살을 간절히 기도하던 그때의 감정보다 더 폭풍 같은 어둠이 내게 달려들고 있어 나는 도대체가 정신을 차릴 수 없었다.

그 와중에 나를 가장 괴롭게 했던 것은, 출판사와 계약하면 급한 생활비를 해결할 수 있는 계약금이 내게 입금된다는 사실이었다. 나는 지금 글은커녕 노트북을 부숴버리고 당장에라도 창 너머로 뛰어내려 처참히 죽고 싶은 마음이 간절한데, 책을 만들 수 있을 만큼의 충분한 양의 글을 꾸준히 추가로 써서 보내겠다는 약속을 한다면 엄마에게 돈을 줄 수 있었다.

이 가난한 딜레마에 빠져 머리를 싸매자 숨이 턱 막혀 가슴에 멍이 들도록 있는 힘껏 주먹으로 내리치며 자해를 했다. 나는 한참을 그렇게 가슴을 내리치다가 누가 조종이라도 한 듯이 서둘러 휴대폰에 '확실한 자살'을 검색했다. 이것저것 닥치는 대로 읽다가 어떤 커뮤니티에 '목매서 확실히 죽는 방법'이라는 글이 예시 그림과 함께 자세히 올라와 있는 걸 발견했다. 그 글을 온 힘을 다해 집중해서 읽고 있는데, 그때 갑자기 L로부터 카톡 메시지가 왔다.

'다안아, 우리 주말에 파스타 먹을까? 내가 너희 동네에 괜찮은 데 찾아냄!'

나는 잠시 얼음처럼 굳어서 그 메시지를 내려다보았다. 그리고 그러면 안 된다고 머릿속으로는 소리치고 있으면서도 기어이 손가락을 움직여 L에게 처절한 장문의 회신을 보냈다.

'나 정말 당장 죽고 싶어. 내 인생은 항상 고통뿐이야. 나는 할 수 있는 게 아무것도 없어'로 시작된 글은 우울증과 그로 인한 자살 시도와 현재의 불행에 관한 추한 고백들로 끝맺었다. L은 내게 곧바로 답장을 보냈다.

'네가 죽으면 뭐가 달라지는데? 그냥 너 혼자 편해지려고 죽겠다는 거야? 죽을 각오로 살아. 살아서 뭐라도 좀 해봐.'

아, 그 말은…. 그 말은 정말이지 내가 인생을 살면서 들었던 최악의 폭력이었다. 가장 흔하디 흔하고 누구나 내뱉기 쉬운 폭력이자 가장 잔인하고 오만한 조언이며, 화자는 그게 오로지 상대를 위한 선의에 기인한 말이라고 믿고 있다는 의미에서 가장 서글픈 위로였다. 오랜만에 연락 와서는 기껏 한다는 말이 죽고 싶다는 징징거림이라니, L에게도 나는 최악의 폭력을 행세한 셈일 수 있다. 우리는 즐겁고 행복한 시간을 충분히 공유했던 친구였는데, 나의 멍청한 우울과 L의 서툰 위로 때문에 갑자기 서로에게 폭력을 행세한 적군이 되어버렸다. 나는 순식간에 암울해져 L에게 미안하다는 말만 남긴 채 카톡 앱 자체를 삭제해버렸다.

곧바로 휴대폰에서 목매는 법 설명을 다시 찾아 정독한 뒤, 방 안에서 내 몸무게를 지탱할 만한 끈과 매달 곳을 찾았다. 한참을 고심하다 노트북 충전기 선을 커튼 봉에 걸어 목을 매달기로 했다. 의자를 끌어당겨 밟고 올라간 다음, 커튼 봉을 손으로 잡고 살짝 매달려 튼튼한지 확인했다. 행여나 내 무게를 이기지 못하고 커튼 봉이 부러지면 모든 걸 망치는 거니까. 속 커튼과 겉 커튼을 달기 위해 제법 두꺼운 두 개의 커튼 봉을 설치해놨기 때문에 그 두 개를 한꺼번에 충전기 선으로 묶어 목을 매달면 자살에 성공할 수 있을 것 같았다. 이 생각에 미치자 나는 주저 없이 의자에 다시 올라가 올가미 구멍에 목을 넣었다. 이상하리만큼 마음이 평온했다. 무섭거나 슬픈 마음도 들지 않았다. 충전기 끈을 손으로 쥐고 초점 나간 눈으로 방바닥을 내려보던 나는, 그때의 나를 이루고 있던 실체는 무엇이었을까…. 굳이 지금 기억해 나열해보자면, 미묘한 분노와 스스로에 대한 연민, 그리고 허탈함이었던 것 같다. 나는 심호흡을 한 뒤 눈을 질끈 감고 '이제 의자를 발로 차버리기만 하면 목이 졸려 죽는 거겠지?'라고 생각했다.

그런데 그 순간, 나는 어이없게도 방문 너머 주방에서 엄마가 요리하는 김치찌개 냄새가 나는 것을 맡고 흠칫 놀랐다. 게다가 도마 위에서 무엇인가를 열심히 써는 소리와 수저에 입을 대고 간을 보는 소리까지 내 귓가 바로 옆에서 나는 것처럼 소름 끼치도록 생생히 들리는 것이다. 그러자 갑자기, 지금 어딘지 모를 거리에서 부지런히 뛰어다니며 직장을 사수하려 안간힘을 쓰는 중일 백발의 아빠와 그런 무능력한 아빠를 원망하면서도 버릇처럼 그에게 먹일 저녁밥을 만들고 있는 엄마가 너무나 딱하고 안쓰러워 가슴이 사무치게 미어졌다. 내가 죽으면, 아빠와 엄마는 안 그래도 힘겹게 붙들고 있는 이 삶 나부랭이를 얼마나 더 저주하며 꾸역꾸역 버텨낼까. 어쩌면 나보다도 훨씬 불쌍하고 외로운 나이 든 두 사람….

나는 무너져 내렸다. 내 죽음은 오직 나만이 결정할 수 있는 것인데, 원치 않은 생명을 준 이 두 사람 때문에 나는 죽음마저도 또 내 마음대로 결정짓지 못하고 병신처럼 포기하고 말았다. 표정도 없이 우두커니 서 있다가 이내 의자에서 내려와 조용히 방문을 열어 주방에 있는 엄마의 뒷모습을 몰래 봤다. 내가 방금 목을 매고 죽었을 수도 있는데, 엄마는 태평한 얼굴로 식탁에 반찬을 놓고 있었다. 아빠와 엄마는 내가 방 안에 들어가 있으면 하루고 이틀이고 절대 들여다보는 법이 없으니, 자살에 성공했더라도 내 시신은 한참 뒤에나 발견됐겠지. 나는 더딘 걸음으로 거실에 나왔다. 그리곤 소파 위에서 잠든 봉봉이의 배에 얼굴을 파묻고 살아있는 개의 냄새를 오랫동안 맡았다.

아빠는 다행히 피해 보상 문제를 면했지만, 또다시 무기한 백수가 되었다. 우리 가족은 어쩐 일인지 아빠가 실직한 후로 아주 짧은 대화조차 나누지 않았고, 아빠와 엄마가 간간이 말다툼하는 소리만 정적 속에서 갑작스러운 소음으로 튀어나왔다. 나는 이 상황에도 생활비를 벌어주지 못한다는 죄책감 때문에 의식적으로 집 안에서 아빠와 엄마를 피해 다녔다.

결국, 선택의 여지 없이 출판사와 계약을 하고, 두 달여 간 부족한 분량의 원고를 더 쓰기로 했다. 그 약속을 지켜내기 위해선 정신과 약이 반드시 있어야 했다. 나는 약 복용을 중단한 지 오래됐고, 쉴 새 없이 끓어오르는 울화와 자살 충동 때문에 안정적으로 글을 쓰기 힘들었다. 이로 인해 출판사에 피해를 주고 계약을 망치는 건

결코 있어선 안 되는 일이었다.

문제는 정신과 방문이었다. 신도시다 보니 동네에 정신과는 내가 기존에 다니던 곳 딱 하나뿐이었고, 그다음으로 가까운 곳들은 모두 버스나 지하철을 타고 꽤 이동해야 하는 거리에 있었다.

매번 대중교통을 이용해야 한다는 것은 상상만으로도 괴로웠고, 이전에 나를 담당했던 정신과 의사를 다시 마주하는 것 역시 정말 싫었다. 더군다나 이전에는 상담실에 들어가는 것만 두려웠다면, 지금은 집을 나와서 병원까지 걸어가고, 대기실에 앉아 기다리는 그 모든 과정이 큰 공포로 다가왔다. 병원에서 주는 약이 간절한데 병원을 가는 것은 괴로운 아이러니한 상황에 부닥쳤으니 미칠 노릇이었다. 나는 한참을 골몰하다가 기존에 다니던 정신과로 전화를 걸었다.

"제가 외과 수술을 크게 해서 거동이 어려운데 정신과 약이 급하게 필요해요. 담당 선생님도 제가 수술한 거 알고 계세요. 상황이 이러니 저희 엄마가 약만 대신 타올 수 없을까요?"

프런트 담당자는 이런 전화를 여러 번 받았다는 듯 심드렁한 목소리로 단번에 절대 안 된다고 했다. 그럼 대체 어떻게 하냐며, 병원에 찾아가긴 어려운데 정신과 약 없이는 하루도 버틸 수 없으니 담당 선생님과 잠깐이라도 통화를 하게 해달라고 부탁했다. 그러나 선생님은 지금 상담 중이라 안 된다는 뻔한 답변이 돌아왔다. 어떻게든 빨리 나를 포기하게 만들고 싶어 하는 태도만 역력했다. 나는 얼마든지 기다릴 수 있으니 선생님의 상담이 모두 끝난 후에 잠시라도 내게 전화를 꼭 달라며 화난 목소리로 경고하듯 말했다. 그리고 잠시 후 담당의는 나와의 짧은 통화조차 거절하겠다는 의사를 프런트 담당자를 통해 우회적으로 대신 전달했다.

나는 전화를 끊고 열받을 대로 열받아 손에 잡히는 온갖 물건을 집어 벽을 향해 던졌다. '어떻게든 죽지 않고 살아보려고 기를 썼더니만, 기계처럼 지네들 입장만 읊어대며 환자 사정 따윈 개무시하는 꼴이라니. 그래, 나는 돈벌이 수단일 뿐이니까. 역시 내가 병신인 거지 뭐!'

나는 마음속 화를 가눌 길 없어 당장에라도 방 안에 있는 창문을 열고 창틀 위를 올라가 뛰어내리는 상상을 간절히 했지만, 결국 행동으로는 옮기지 않았다. 대신 눈을 감고 허벅지를 쥐어뜯으며 이 피부의 고통으로 머릿속 고통을 상쇄시키려 노력했다.

허벅지의 고통이 커질수록 머릿속에 하얀 모래가 쌓여가는 기분이 들었다. 하얀 모래는 쌓이고 쌓여서 자살이라는 단어를 덮어주었다. 더는 모래가 쌓일 자리가 없게 되자 허벅지를 쥐어뜯던 손에도 힘을 뺐다. 그리곤 생각했다. '해야 할 일이 있잖아. 이러지 말자, 제발.'

나는 이후 용기를 내어 기존의 정신과를 다시 찾아갔다. 약을 먹기 위해서는 다른 방도가 없었다. 대신 원래의 담당의가 아닌 다른 의사로 교체해달라는 요구를 했다. 어차피 딱히 다를 바는 없겠지만 내가 병원을 가기 싫은 이유 중 하나쯤은 덜어내기 위해서였다. 그리고 다짐했다. 이전처럼 내 속 얘기를 털어놓는 상담은 절대 하지 않기로.

물론 이전 의사와의 상담을 통해 내가 어느 정도 위로와 치료를 받은 사실은 맞다. 하지만 나는 정신과 의사와 환자 사이도 어쩔 수 없는 사람 대 사람의 관계라는 것을 깨닫고 말았다. 사람이란 본래 틀에 박힌 대화만으로도 쉽게 위로와 감동을 선물해주다가, 어느 한 순간 본인도 모르게 위로보다 훨씬 커다란 상처를 주기도 한다. 이 변함 없는 사실은 내 마음속에서 더는 부정할 수 없는 진리가 되었다. 나는 사람에게 상처를 받는 것에 매우 취약해 매번 과도하게 나락에 빠지기 때문에 관계의 실체를 두려워하는 것이고, 이제 그 두려움의 대상에 정신과 의사도 포함된 것이다.

정신과 대기실에 앉아있는 것은 이전보다 더 고역이었다. 식은 땀이 흐르다 못해 몸 곳곳에 웅덩이처럼 고였고, 집에만 박혀 있느라 한동안 느끼지 못했던 복통까지 다시 시작됐다. 게다가 예약 시각으로부터 진료가 30분이나 지체되었다. 이럴 거면 대체 예약은 왜 하는 건지! 호흡이 가쁘고 신경질이 잔뜩 났을 때쯤 드디어 내 차례가 왔고, 첫 상담 때처럼 밀폐된 곳에서 타인과 함께 있으면 복통을 느끼니 상담실 문을 열어놔도 괜찮겠냐는 말을 구구절절 되풀이해야 했다. 그리곤 애써 태연한 표정으로 자리에 앉았으나 막상 새로운 정신과 의사를 마주하니 갑자기 두려움이 밀려들어 눈을 마주치기도 힘들었다. 나는 의사가 앉아있는 곳 정반대에 있는 창가 어딘가쯤에 시선을 두고는 "병원에 오는 게 너무 힘들어요. 가족이 대신 약을 받을 수 없다면 한 달 치라도 주실 수는 없나요?"라고 기어들어 가는 목소리로 얘기했다. 이전의 상담 내용을 알고 있는지 모르고 있는지, 돌아온 대답은 예상대로 단호했다.

"냉정하게 들리겠지만 안 돼요. 더군다나 상태가 심각해 보이시기 때문에 그렇게 하는 건 의사 윤리에도 어긋나고 환자를 방치하는 거예요. 정 힘드시면 입원하는 방법밖에 없어요."

입원이라는 말을 듣자 기운이 쭉 빠졌다. 그래, 차라리 모든 걸 다 때려치우고 정신병원에 틀어박히고 싶다. 그러면 얼마나 좋을까. 하지만 나는 그렇게 태평할 수 있는 처지가 아닌걸.

■ ■ ■

며칠 동안 정신과 약을 먹으니 거짓말처럼 마음에 안정이 왔다. 그래도 심연 한구석에 불안과 우울이 벌레처럼 티 나지 않게 기어 다니는 것을 종종 눈치챘지만, 그쯤은 이제 그러려니 할 수 있을 만한 배짱이 생겼다. 나는 무엇보다 언제 다시 내 정신 상태가 나빠질지 모른다는 초조함 때문에 약 기운이 돌 때면 밤을 새우면서까지 집중력을 총동원해 글을 쓰는 버릇이 생겼다. 아직 원고를 보내야 할 기한이 한참 남았는데도, 마음이 안정적일 때 얼른 글을 비축해놔야 만일의 상황에 대비할 수 있다는 고질적인 노파심이 들었기 때문이다.

사실 사람들 대부분은 항우울제를 먹으면 기분이 좋아지고 나른해질 것으로 생각하지만, (누군가는 실제로도 그럴 수 있지만) 나의 경우는 다르다. 물론 앞서 말한 것과 같이 충동성과 폭발할 것 같은 감정을 안정적으로 추슬러주는 기능이 있으나, 절대 '기분을 좋게' 해주지는 않는다. 굳이 표현하자면 '기분이 없어지는 기분'이다. 그래서 때로는 감정 없는 로봇이 되는 것 같기도 한데, 나는 그편이 쉼 없이 감정이 널뛰기하는 평소의 나보다 훨씬 '괜찮은' 인간으로 변모하는 과정이라고 믿는다. 그래서 복용을 중단하지 않고 가능한 오래,

그리고 충실히 약을 먹기로 했다. 평생 먹어야 할 호르몬 약과 더불어 언제 끊을 수 있을지 모를 정신과 약까지, 나는 이제 하루에 먹어야 할 알약 개수가 수십 개에 달한다.

새로운 선생님은 나를 배려해서인지 상담 시간을 1~2분 남짓으로 짧게 끝내고 상담실을 나가게 해주었다. 대기실에서 쿵쾅거리는 심장을 부여잡고 기다려야 하는 고통은 여전했지만, 상담 시간이 매우 짧으니 그나마 살만했다. 상담 내용은 "약 부작용은 없었나요? 잠은 잘 주무시고요?"라고 물으면 내가 "네" 혹은 "아니요"라고 대답하는 게 거의 전부였다. "아니요"라고 대답할 경우 말이 길어질 수 있으므로 나는 특별한 경우가 아니면 항상 "네"라고 짧게 대답했다. 그리고 얼마 뒤 선생님은 내 상태가 나아진 것 같다며 방문 시기도 1주에서 2주 간격으로 늘려주었다. 마음의 부담감이 조금 덜어지니 정신과에 대한 공포심도 전보다는 덜해졌다.

어느 날, 이전과 다름없이 1분 만에 상담실을 나가는 나를 붙잡고 선생님이 물었다.

"다안 님, 아직 병원에 와서 기다리고, 오래 상담하고 그러는 게 괜찮아지진 않은 거죠?"

"네. 아직 괜찮지 않아요."

나의 주저 없는 대답에 선생님은 웃으며 알겠다고 하곤 나를 보내줬다. 아마도 상담을 본격적으로 진행할 시기를 고려 중인 듯했다. 그러나 난 앞으로도 쭉 괜찮지 않다고 대답할 예정이다. 여전히 정신과 의사와의 상담이 두렵고, 오직 약만으로 버텨보고 싶은 생각에 변함이 없다. 나는 변수가 많은 완벽한 치료보다 상대적으로 안전하다 느끼는 '버티는 삶'을 택했다.

병원에서 집으로 돌아오는 길은 집에서 병원으로 가는 길보다 마음이 훨씬 평온하다. 새삼 거리의 풍경도 눈에 들어오고, 피부에 와닿는 공기의 변화도 느낀다. 그리고 얼마 전부터는 작은 즐거움 하나도 생겼다. 집으로 오는 지름길이 아닌 조금 돌아서 주택가 쪽을 지나면 초록 마당과 빨간 지붕을 가지고 있는 예쁜 집이 있는데, 그 집에 사는 큼지막한 골든리트리버 한 마리와 인사하는 일이다. 그 아이는 잔디에 턱을 괴고 무료하게 앉아있다가, 내가 마당 옆을 지나가면 벌떡 일어나 혀를 쑥 내밀고는 해맑게 달려와서 담장 창살을 사이에 두고 내 몸의 냄새를 킁킁 맡는다. 나는 참을 수 없는 미소를 지으며 "잘 있었어?"라고 인사하고는 "손!"이라고 외친다. 그러면 경계심이라고는 조금도 없는 그 아이는 주저 없이 커다란 발을 내 손 위에 턱 얹는다. "앉아!"라고 하면 곧바로 엉덩이를 깔고 앉아서 헥헥거리며 나를 쳐다본다. 나는 그 아이의 커다란 얼굴을 창살 사이로 손을 집어넣어 쓰다듬고는 "아유 예뻐, 너무 예뻐!"라고 진심이 담긴 칭찬을 아끼지 않는다. 그 별것 아닌 짧은 순간에 느낀 보드라운 촉감과 설레는 기분은 집에 돌아와서도 한동안 마음에 따스한 여운을 남긴다.

골든리트리버와의 아쉬운 인사를 뒤로하고 나서는 원고를 쓰기 위해 근처 카페를 향해 걸어간다. 정신과를 가기 위해 외출한 날은 밖에서 최대한 많은 시간을 보내고 집에 들어가려 한다. 이날이 아니면 웬만해선 밖으로 나오는 법이 없으니까. 규모가 큰 카페에서 존재감 없는 사람 한 명으로 앉아 시원한 아이스 아메리카노를 마시며 글을 쓰면 음침한 지박령처럼 침대에만 몇 시간이고 누워있는 집 안의 나보다 훨씬 산뜻한 사람이 된 것 같은 기분을 느낄 수 있었다. 카페까지 걸어가며 급격하게 더워진 날씨로 인해 이마를 타고 흐르는 땀방울을 연신 닦았다. 내가 세상에서 가장 싫어하는 여름이 올해도 충실히 찾아왔다. 2년 전 서울의 한 카페에서 노트북으로 유서를 쓸 때만 해도 내게 여름은 다시 찾아오지 않을 것이라 확신했는데.

2년 전 이맘때처럼 더위를 피해 에어컨 바람이 쾌적하게 흐르는 카페로 들어가 커피를 주문하고는 가장 예쁜 자리에 앉아 노트북을 연다. 노트북은 여전히 낡은 외관 그대로지만, 그 안에 담긴 내용은 유서가 아닌 죽지 못해 삶을 연명하는 존재의 초라한 변명들뿐이다.

나는 글쓰기를 멈추고 햇살에 반짝이는 카페 창가의 나무를 보았다. 그리고 이 뜨거운 여름의 열기가 내 영혼을 태우고, 남은 잿더미를 텅 빈 몸뚱이로 열심히 휘적이는 상상을 해본다. 잿더미에는 우울과 상실과 슬픔과 고통, 그리고 여전히 죽고 싶은 마음들이 부서지지 못한 채 응어리져 있겠지. 나는 그 모든 것들을 그러모아 끌어안은 채 오늘도 숨 쉬며 살아있다.

● 우울감과 상실감 등 말하기 어려운 고민으로 전문가의 도움이 필요하다면 자살 예방 핫라인 1577-0199, 희망의 전화 129, 생명의 전화 1588-9191, 청소년 전화 1388 등을 통해 24시간 상담받을 수 있습니다.